FANTASY STORY
고랭지 판타지 장편소설

작가 때문에 먼치킨 제1권

초판 1쇄 인쇄일 | 2025년 03월 25일
초판 1쇄 발행일 | 2025년 04월 02일

지은이 | 고랭지
발행인 | 조승진

편집기획팀 | 김정환, 김준서
출판제작팀 | 이상민, 홍성희

펴낸곳 | 데이즈엔터(주)
주소 | (07551) 서울, 강서구 양천로 570, NH서울축산농협 NH서울타워 19층(등촌동)
전화 | 02-2013-5665(代) | FAX 032-3479-9872
등록번호 | 제 2023-000050호
홈페이지 | www.daysenter.com
E-mail | alldays1@daysenter.com

ⓒ 2025, 고랭지

이 책은 데이즈엔터(주)가 작가와의 계약에 따라 발행한 것이므로
본사의 서면 동의 없이는 어떠한 방법으로도 이용할 수 없습니다.

ISBN 979-11-427-0387-4
ISBN 979-11-427-0386-7 (세트)

※잘못된 책은 본사나 구입처에서 교환하여 드립니다.
※저자와의 합의하에 인지를 붙이지 않습니다.

※ 본 작품은 픽션입니다.
본 작품에 등장하는 인물, 단체, 지명, 국명, 사건 등은 실존과는 일절 관계가 없습니다.

작가 때문에 먼치킨

제1장 원작 파괴	009
제2장 모든 것을 건 도박	027
제3장 파죽지세	063
제4장 영전 아닌 영전	077
제5장 혼신의 연기	115
제6장 돈다발이 내린다	129
제7장 싹 죽이면 돼	167
제8장 상당한 이득	205
제9장 작가의 발작	253
제10장 조상신의 계시	279

'결국 좆된 거군.'

황궁 어전에는 숨 막히는 긴장이 흐르고 있었다.

금빛 장식이 눈부신 홀의 좌우에는 제신들이 끊임없이 늘어서 있었으며, 불합리한 결정을 내린 황제는 흉흉하게 그 존재감을 드러냈다.

그러나 그 눈빛만큼은 예리하게 벼려진 칼날과 같았다.

"카온, 내일이 출병이다."

원래 황태자가 수행해야 할 임무였다.

소설 속의 내용이 그랬으니까.

환생, 전이?

다 좋다.

그렇다고 초장부터 원작을 파괴해 버리다니!

쿵!

카온은 그대로 무릎을 꿇었다.

망작 소설의 첫 원정.

먼치킨 주인공조차 고전하는데, 여기서 살아남으라고?

그냥 나가 죽으라는 소리다.

"폐하! 소자는 어려서부터 몸이 약하여 도저히 임무를 수행할 수 없나이다! 부디 자비를 베풀어 주시옵소서!"

"죽는소리 하지 말거라. 황태자도, 2황자도 네 나이 때는 다 원정을 떠났다. 짐 역시 마찬가지니라. 거부권 행사는 계승권 포기로 알겠다."

카온은 치를 떨었다.

계승권 포기?

가뜩이나 3황자에게는 세력이 별로 없었다.

계승권을 포기하는 순간 눈엣가시 같은 카온을 살려 둘까?

그렇다고 전쟁에 나가면 버틸 수 있을지도 의문이었다.

칼질 따위는 살면서 해 본 적도 없었고, 3황자는 아닌 말로도 무재가 그리 뛰어나지 않았다.

적당한 체구에 말랑말랑한 근육.

평소에 단련이라고는 하지 않고 살았기에, 전장의 혹독함을 견딜 리도 만무했다.

카온이 고개를 처박고 있을 때, 2황자가 앞으로 나섰다.

"폐하의 어심에 소자는 감탄하였나이다. 장차 제국을 '이끌어 갈 수도' 있는 몸이라면 당연히 이 정도 시련은 내려 주어 담금질을 해야 한다고 생각하옵니다."

'고작 2살 차이밖에 안 나는 새끼가……!'

깊은 빡침이 올라왔으나, 힘이 없다면 밟히는 것이 황궁의 생리였다. 시원하게 한마디 쏴 주려 해도 힘과 세력을 갖추어야 하는 것이다.

나름 천재적인 검술의 소유자로 명성이 자자한 녀석이라, 개인적으로 덤벼도 완패하고 말 것이다.

카온은 주변의 조롱을 받으면서도 과거를 떠올리지 않을 수 없었다.

'내 인생이 어쩌다 이렇게 꼬였지……?'

사건이 일어난 것은 불과 일주일 전이었다.

윤성은 오늘도 지친 몸을 이끌고 집으로 돌아왔다.

끝없는 회사 업무와 상사의 지랄에 약간 번아웃이 온 것 같기도 했다.

그래도 작은 취미는 있었다.

웹 소설을 보는 것.

휴대폰을 만지작거리던 윤성은 순간적으로 선작 취소를 해야 하나, 말아야 하는 소설에 시선이 머물렀다.

처음에는 괜찮은가 싶었는데, 주인공의 답답한 행보와

강한 적, 망해 가는 국가에 이르기까지. 사이다를 원하던 독자들이 점차 떠나갔다.

윤성은 그 모습을 보며, 처음에는 좋은 의도에서 참견을 했었다.

그러자 작가의 발작 반응이 날아왔다. "네가 뭔 상관인데?"

순간 열이 확 올라왔다.

기껏 생각해서 해 준 말인데, 이딴 식으로 받아들여?

윤성은 키보드를 난타하며 작가와 싸우기 시작했다. 독자들은 윤성과 작가의 싸움에 이끌려 들어오는 아이러니한 사태까지 벌어졌다.

그리고 마침내 작가는 "그럼 네가 해 봐, 새끼야."라는 댓글을 남겼다.

그 말이 환청으로 들렸던 이유가 뭘까?

즉시 윤성은 모니터 안으로 빨려 들어가며 소설 속으로 떨어졌다.

그것도 주인공이 아닌, 언제 죽일지 모르는 망해 가는 제국의 3황자로 말이다.

처음 며칠은 괜찮았다. 윤성, 이제 카온이 된 그는 천천히 새로운 세계에 적응하기 시작했다. 그러나 평화는 오래가지 못했다.

멀쩡하던 주인공인 황태자가 급살이라도 맞았는지 피를

토하며 쓰러졌던 것이다.

그 순간, 알 수 있었다.

시스템인지 작가새끼인지 알 수 없는 존재가 원작을 파괴하고 있다는 사실을.

여기에 멀쩡하던 황제가 미쳐 돌았는지 갓 15세가 된 카온을 반란 토벌군 사령관으로 임명하고 통보하기에 이른다.

이 자리는, 토벌군 사령관이 누군지 결정하는 논의가 아니라 카온의 각오를 시험하는 자리였다.

'이제는 어쩔 수 없다.'

도저히 빠져나올 수 없었다.

중재를 해 주어야 할 황제는 뭐에 홀린 인간처럼 카온에게 원정을 강요했으며, 2황자파 세력들은 얼씨구나 싶어 찬동했다.

황태자파는 유일하게 중립을 지키고 있었으나 결국 그들은 황제파였기에, 선택의 여지가 없기는 했다.

세력이랄 것도 거의 없다지만, 3황자는 계승권자였다.

하루 속히 사라져 대결 구도를 양강 체제로 굳혀 버리는 것이 귀족들이 바라는 일이었다.

완전히 외통수.

카온은 머리를 빠르게 굴려 댔다.

'작가가 개입했다면, 황궁은 호랑이 굴이다. 여기에 계속 있다가는 제명에도 살지 못할 거야. 그러니 이번에 실적을 내고 튄다.'

 제국의 황자가 된 입장에서, 언제까지 중앙의 권력과 무관하게 살아갈 수는 없다지만 세력을 키울 수 있을 만한 땅은 있어야 한다.

 어떻게든 작가 놈을 엿 먹이고 지금 이죽거리고 있는 2황자와 여러 제신들의 입을 닥치게 만들려면 원정에 성공하는 수밖에는 답이 없었다.

 하지만 '도대체 어떻게?'

 그 짧은 시간에 소설 원작의 스토리가 파노라마처럼 펼쳐졌다.

 미래를 알고 있기에, 빈틈을 찌를 수 있는 기회가 있을 것이다.

 어차피 어설펐던 망작 소설이었다.

 작가의 지능이 그 정도라면 돌파할 수 있는 방법은 분명히 있을 터.

 '쾌속 전진!'

 제국군 구성 대부분은 보병이다.

 적도 그리 생각하고 있으며, 진군까지 최소한 보름은 걸릴 것이라 예상하고 있을 것이다.

 카온의 상념이 끝났다.

"폐하! 황자로서 도리를 다해야 한다는 말씀에는 백번 공감하옵니다. 하오나 소자가 구상하고 있는 계획에는 기병이 필요하니, 부디 병력을 기병으로 대체해 주시기를 청하나이다."

"기병을?"

황제의 눈썹이 꿈틀거렸다.

기병을 육성하는 데는 어마어마한 자금과 노력이 들어간다.

제국 중앙군 30만 중에서 기병이 3만에 불과한 것을 보면 얼마나 힘들게 유지하는지 짐작할 수 있었다.

그 귀한 기병을 달라고 하니 썩 내키지 않는 것이다.

황제가 뭐라고 말하기도 전에 카온이 먼저 그 입을 틀어막았다.

"2천! 소자에게 2천만 내려 주시면 반군을 격파해 보이겠나이다!"

웅성웅성.

제신들이 술렁거렸다.

제국군 사령관인 랭파인 공작이 앞으로 나섰다.

"3황자 전하, 전쟁은 애들 장난이 아닙니다. 역도의 숫자가 2만이며, 지금도 숫자를 불려 나가고 있습니다. 하온데 고작 기병 2천이라니요? 도착했을 때는 그 숫자가 더 불어나 있을 겁니다!"

공작의 말은 정론이었다.

황태자 파벌인 랭턴 공작이지만, 3황자와 황태자와의 사이가 썩 나쁘지 않았기에 그 역시도 정말 걱정이 되어 하는 말이었다.

보급 사령관이자 3황자의 큰외할아버지인 바이스 후작도 반대했다.

"전하, 이번에는 총사령관 각하의 말씀이 옳습니다. 보병 1만을 데려가시지요. 중간에 제후들도 합류할 것이니, 반군 따위는 일시에 격멸해 버릴 수 있을 것입니다."

줄줄이 반대가 이어지는 가운데, 2황자 파벌 측은 입을 다물고 상황을 지켜봤다.

그들 입장에서는 3황자가 알아서 제거되어 주면, 그만큼 좋은 일이었기 때문이다.

황제의 반응은?

묵묵부답이었다.

여론이 어떻게 돌아가는지 보고 무표정한 얼굴로 기다릴 뿐.

카온은 황제에게 한 발 더 나아간 후, 무릎을 꿇었다.

쿵!

"소자가 원정에서 실패하게 된다면, 계승권을 내려놓고 촌부로 살아가겠나이다!"

"뭣이!?"

가면을 쓴 채로 상황이 흘러가는 광경을 지켜보고 있던 황제는 깜짝 놀랐다.

'저놈이?'

원래 황제의 역할이란 각 세력의 균형을 맞추도록 중재하는 자리였다.

한창 황권이 물이 오른 시기라면 모르겠지만, 곧 황권 교체기였다.

황태자가 쓰러진 상황에서, 능력 있는 황자를 가려내기 위해 가급적이면 개입하지 않으려 했다.

그의 역할은 계시(?)를 받아 3황자를 시험대에 올린 것만으로도 충분했던 것이다.

이쯤 되니 황제 역시 당황스러울 수밖에 없었다.

"제정신이냐? 계승권을 내려놓는다는 말을 어찌 그리 쉽게 내뱉을 수 있다는 말이냐!"

"폐하, 기회가 왔기에 활용하려는 것뿐이옵니다. 승리를 자신하기에 이리 말하는 것이 아니겠사옵니까?"

"허어."

충격이 이어졌다.

카온의 말은 많은 것을 암시하고 있었다.

'3황자께서 일부러 방탕하게 사셨다고? 아무런 힘이 없었으니까?'

'개소리다. 설마 저런 인간의 말을 믿는 것은 아니겠지?

결심은 누구나 할 수 있음이다.'

톡. 톡.

황제가 고심하는 소리가 여기까지 전해졌다.

그는 리듬 있게 용상을 손가락으로 두드리며 제신들의 반응을 살폈다.

그러나 그에게는 선택의 여지가 없었다.

황자들의 경쟁은 공평하게 이루어져야 한다.

조금이라도 어디론가 쏠려 버리는 일이 발생한다면 자신의 사후, 분열 직전의 제국은 조각날 터.

3황자가 직접 자신의 입으로 발언한 이상, 뒤집기는 힘들다는 뜻이다.

고심하던 황제는 고개를 끄덕였다.

"2천의 기병을 주겠다. 반군은 현재 제국 중남부 지역인 가르칼 영지까지 치고 올라왔다. 현재는 중앙군이 준비되는 중이며, 너는 그 지역을 점령하여 시간을 벌어 주는 역할이다. 이해했느냐?"

"모두 이해하고 있사옵니다."

"방법이 있다니, 의기는 높이 산다. 하나 황족의 발언은 천금보다 무거운 법. 반군을 가르칼 영지에서 밀어내지 못한다면 실패한 것으로 간주하고, 계승권을 박탈할 것이다."

쿵!

카온은 머리를 바닥에 찧었다.
"삼가 황명을 받드옵니다!"

카온이 다음 날 곧바로 원정을 떠난다는 사실은 이미 널리 알려져 있었다.

누군가는 이걸 두고 제신들이 가장 세력이 약하고 무능한 3황자를 찍어 내고, 양강 체제를 완전히 확립하려 한다고 말했다.

급작스럽게 황태자가 피를 토하며 쓰러진 후, 황제도 고심이 컸을 것이라고 중앙 귀족들은 수군거렸다.

황태자가 저대로 레테의 강을 건넌다면, 2황자와 3황자 중 하나를 황태자로 책봉해야 한다.

이것이 경합 비슷하게 대결 구도가 갖추어진 이유였다.

문제는 3황자의 세력이 매우 약하다는 것이다.

세력이라고 할 것도 없는 수준이었으니, 시간이 흐르면 2황자가 황위에 오르는 것은 확정이었다.

이런 상황에서 카온은 제국의 군단병이 아닌, 기병을 위주로 편성하겠다고 어전에서 말했다. 그것도 고작 2천의 병력으로 적을 부수겠다고 선언했던 것이다.

사실 황제뿐만이 아니라 모든 귀족이 놀랐다.

누군가는 3황자가 압박감에 못 이겨 미쳐 버린 것이 아니냐고 말했으며, 누군가는 이번 승부에 모든 것을 거는 것이라고 말했다.

당연히 카온은 도박하는 심정으로 승부수를 던진 것이 아니었다.

"전하! 지금이라도 보병을 달라고 하십시오!"

"맞습니다! 기병 2천이라니요? 적은 3만입니다! 보병으로 움직이며 공을 탐하는 제후들을 끌어들여야만 승산이 있습니다!"

카온의 직속, 황실 3기사단 기사들이 3황자궁으로 몰려와 시위하듯이 외쳐 댔다.

고작 30명 안팎의 기사가 전부.

재수 없게 원정에 실패하여 카온의 목이라도 잘리면 죄다 밥줄이 끊기는 것은 물론, 명예가 땅으로 떨어지기에 목숨을 걸고 반대하려는 것이다.

기사단장은 그렇다고 치고, 부관 미첼 경까지 목에 핏대를 세우는 걸 보니 어지간히 작전이 파격적이긴 했던 모양이다.

"귀청 떨어지겠다!"

"그게 문제가 아니지 않습니까! 보병 편성이 거의 다 끝났는데, 급하게 기병을 편성한다면 과연 정예겠습니까? 잡병도 섞였을 겁니다!"

기사단장 제롬 경은 진심이었다.

카온도 그들의 심정을 모르는 바는 아니었으나, 모조리

반려했다.

"모두 닥치고 준비해라! 경들은 내가 바보로 보이나? 지금껏 이날을 위해 칼을 갈았다. 다 방법이 있으니 행군 준비나 해라."

"……."

3황자의 고집이 오우거 심줄이라더니, 다시 한번 실감하는 순간이었다.

기사들은 울상을 지으며 어쩔 수 없이 준비를 하러 떠났다.

새벽같이 출발하려면 시간이 부족했기 때문이다.

마지막까지 떠나지 않고 있던 미첼 경이 간곡하게 부탁을 해 왔다.

"전하! 제발 좀!"

"너도 잔소리할 거면 꺼져."

"도대체! 이유가 뭡니까? 납득이 되어야 찬성을 하죠. 하나의 이유라도 알려 주십시오!"

"응, 별거 아니야. 작가가 병신이거든."

카온은 정확히 두 시간을 자고 일어났다.
 상황이 너무 급박하게 돌아가는 바람에 어쩔 수가 없었다.
 임시이긴 했지만, 토벌군 사령관이라는 거창한 보직을 받았다.
 일군의 사령관이라면 당연히 신경을 써야 할 부분이 많았다.
 카온의 직속, 3기사단 기사들이 밤새도록 준비를 했음에도 미흡했다.
 기껏 중앙군 사령관 랭파인 공작이, 카온을 생각해 정예 군단병을 준비해 두었음에도 그걸 차 버리고 전원 기병으로 편성을 하려니 다들 죽을 맛이었을 것이다.

즉, 카온은 심각하게 민폐를 끼쳐 버리고 말았던 것이다.

'어쩔 수 없다.'

그는 새벽에도 일하고 있는 랭파인 공작을 찾아가 사과하고, 보급 사령관 집무실 앞에 이르렀다.

여기저기 불이 밝혀져 있었다.

카온의 고집으로 시작된 일이었으나 황명은 떨어졌으니 어쩔 수 없이 일해야 한다.

위병들이 카온에게 경례를 붙였다.

후작의 집무실에 이르자, 그는 썩 내키지 않는다는 듯이 한숨을 내쉬었다.

"하……. 오셨습니까."

피로에 찌든 얼굴.

60대 초반의 이 노인은 큰외할아버지다.

제국에서 제법 큰 힘을 가지고 있었음에도 불구하고 자신의 동생을 돕지 않아 몰락 귀족으로 만든 자.

그런 주제에 카온의 어머니를 3황후로 만드는데 결정적인 역할을 했으며, 그 달콤한 과실을 독식했다.

물론 개인적으로 원한은 없다.

이 몸의 외가를 통째로 갈아 버린 위인이었으나 직접 보는 것은 처음이었으니까.

외부적으로 알려진 바로는, 외가의 사정이 이러했지만 내부적으로는 좀 더 복잡한 사정이 있었다.

외할아버지가 워낙에 방탕하고 구제 불능이라 가문에 막대한 피해를 입혔다.

이래저래 귀족들의 개인사는 복잡하기 짝이 없는 법.

카온으로서는 어떻게든 후작을 이용해 과실을 취하기만 하면 하면 된다.

후작 본인이 그러했듯이.

"제가 후작님을 찾아온 이유는 보급 관련 일 때문이 아닙니다. 그 정도야 어련히 알아서 하시겠죠."

딱히 원한은 없지만, 원한이 있는 것처럼 연기했다.

사실 이게 더 힘들었다.

카온은 약간 철없는 아이처럼 표정을 지었다.

가문을 위하여 잔인하게 동생을 숙청해 버리고 조카를 이용했으나, 조카 손자에게 아무런 정이 없다면 그것도 말이 되지 않는 일일 것이다.

감정적인 부분, 이걸 건드린다.

"허면, 여기는 어찌하여 오셨습니까? 가뜩이나 할 일도 많으신 분이."

"큰할아버지, 저는 큰할아버지의 혈육이 맞습니까?"

"……."

후작의 동공이 살짝 흔들렸다.

생각지도 못한 공격을 받은 것이다.

'먹혔군.'

젊은 시절이야 그렇다고 쳐도, 나이가 들면 정에 약해진 다고 한다.

비정한 칼날을 휘두르던 사람도 죽을 때가 다가오면 유해지는 때가 오는 법이다.

죽고 나면 살아 있을 때의 부와 권력이 아무것도 아니었다는 것을 깨달을 때가 오기 때문이다.

"맞습니까?"

"……맞습니다."

"큰할아버지께서는 지금까지 보여 준 제 모습에 실망하여 밀어 주지 않은 것일 테지요."

"그건."

"이 모든 것이 연기였다면 믿으시겠습니까?"

후작의 표정이 살짝 뒤틀렸다.

이런 말을 하고 있는 카온조차 손발이 오그라들 정도였으니 후작은 오죽할까.

하지만 제대로 한탕 해 먹고 튀기 위해서는 반드시 후작의 도움이 필요했다.

"하고 싶은 말이 무엇입니까?"

"큰할아버지, 만약 제가 승리한다면 부탁 하나만 들어 주십시오. 그리해 주신다면 과거의 원한은 모두 잊겠습니다."

"허."

후작의 입장에서는 외통수였다.

그의 마음속에는 항상 동생에 대한 미안함이 자리하고 있었을 것이다.

조카인 카온의 어머니에게도 마찬가지일 터다.

살아생전에 용서받을 것이라고는 생각지도 못했는데, 당사자가 이리 나오니 뭐라고 표현할 길이 없었다.

"안 되겠습니까?"

"당했군요. 전하께서 이토록 장성하신 모습을 보니 감회가 새롭습니다. 제 마음이 어떤지 모르실 겁니다."

"사람 마음조차 이용하는 것. 그것이 정치의 기본 아니겠습니까?"

"허허허! 제가 무엇을 어떻게 도와 드리면 되겠습니까?"

"그러니까……."

카온은 자신의 계획을 후작에게 설명했다.

모든 설명을 듣고 난 후작은 상당히 놀랐다.

"진심이십니까!?"

"저도 나름대로의 준비를 해야겠지요."

"이런."

카온의 말은 많은 것을 포함하고 있었다.

대권에 도전하는 것.

황태자가 피를 토하고 도저히 가망이 없을 정도로 망가진 이상, 2황자와 3황자가 경합을 벌여야 한다는 사실은 비밀도 아니었다.
 황제 역시 건강이 나빠져 하루걸러 한 번씩 조회를 미루고 있었다.
 그 밖에 나도는 여러 가지 추측들.
 일단은 3황자가 정신을 차렸다는 것만으로도 높은 점수를 줄 수는 있었다.
 후작은 고개를 끄덕였다.
 "도저히 빠져나갈 수 없도록 손을 쓰셨군요. 좋습니다. 기적이 일어나 전하께서 전투에서 승리하신다면, 지금까지 말한 내용을 돕는 것은 물론이고, 다시 한번 전하에 대해 생각해 보겠습니다."
 "그걸로 됐습니다."
 카온은 자리에서 일어났다.
 그가 나간 순간에도, 후작은 자리에 앉아 복잡한 마음을 추슬러야 했다.

 카온은 집무실을 나서며 생각했다.
 모든 상황이 그에게 불리하게 돌아가고 있으며, 작가의 복수가 시작되면서 피를 말렸다.
 그러나 그는 이 소설의 애독자였다.
 미래를 알고 있는 이상, 아직 가능성은 있는 것이다.
 애써 의지를 다지며 주둔지로 향하던 그는 하필 2황자와 마주했다.

놈의 곁에는 항상 그림자처럼 쫓아다니는 갈레스 후작이 있었다.

2황자의 장인이며, 2황자파 수장.

제국군 부사령관으로, 나름 권력의 중심에 있는 인물이기도 했다.

"토벌군 사령관을 뵙습니다."

후작은 정중하게 허리를 굽혔지만, 표정은 전혀 그렇지 않았다.

정계에서 오래 구른 만큼, 태도는 매우 절제되어 있었다.

다만 상황이 좀 그랬다.

누가 보아도 염탐과 동시에 사람 속을 긁기 위해 온 것으로 보였다.

'오늘 꿈자리가 좋지 않더라니.'

환생인지, 전이인지 뭔지를 당하고 나서는 항상 밤잠을 설쳤지만.

카온은 그대로 2황자를 지나치려 하였지만, 그럴 수가 없는 팔자였다.

"지금이라도 포기하거라."

"무슨 말씀인지 영 모르겠습니다."

"갑자기 무슨 바람이 불어 내게 대적하려는 것인지는 모르겠으나, 그 끝은 네 피가 쏟아지며 끝날 것이다. 한때, 좋은 우애를 자랑했던 형제로서 하는 경고이다. 정 힘들면 그냥 병력만 밀어 넣고 도망쳐 오거라. 이미 내부에서는 다음 원정군을 어떻게 편성해야 할지 논의 중이다. 가망이 없다는 것이지."

"……."

"이 자리에서 약속한다면 작은 영지라도 떼어 주마. 이는 황족으로서 하는 약속이니 결코 가볍게 여기지 말거라."

카온의 눈썹이 꿈틀거렸다.

여기서 포기를 해?

백번 양보에서 놈의 말이 사실이라고 치자.

그런다고 작가가 카온을 내버려 둘까?

황제의 의중조차 건드려 소설의 큰 줄기를 틀어 버렸는데, 아무런 소득도 없이 구석에 찌그러지면, 목숨을 부지할 수 없을 것이다.

작가의 개입만 없었다면 진지하게 고려해 볼 제안이었지만, 지금은 2황자와 대립하여 권력을 쟁취해야 할 때였다.

그것만이 유일한 살길인 것이다.

"형님의 말씀은 감사합니다만, 저도 포기할 수 없는 사정이 있습니다."

"그 사정이라는 것이 목숨을 걸 가치가 있다는 것이더냐."

"변방으로 밀려나더라도 권력의 중추에서 멀어진다면 어

차피 저는 죽은 목숨입니다."

"이해할 수 없다."

"이해를 바라고 드린 말씀은 아닙니다만."

"이것이 형으로서 베풀 수 있는 마지막 기회다. 네가 여기서 약속하지 않고 발을 뗀다면, 다음에 만나는 순간부터는 적으로 간주할 것이야."

2황자의 말에 손톱만큼의 작은 배려가 느껴졌다.

그와 동시에 섬뜩한 경고도 했다.

봐줄 수 있는 건 지금이 마지막이라고.

지금까지 경쟁자인 카온이 살아 있는 것도 2황자가 죽일 마음을 먹지 않았기 때문일 것이다.

굳이 손에 피를 묻혀 봐야 평판에 좋을 것이 없기도 했고, 카온의 세력이 너무 미약하여 숙청을 할 이유가 없었다.

문제는 카온이 어떻게든 2황자와 대적하려 할 때였다.

제법 똑똑한 편으로 나오는 2황자는 카온이 보급 사령부에서 후작과 어떤 이야기를 나누었을 수도 있다고 추측하고 있었다.

"형님, 천만 분의 일이라도 기적이 일어나 제가 승리하게 된다면, 형님께 칼을 휘두르는 것을 한 번 정도는 다시 생각해 보겠습니다."

"우리는 이제 적이다."

카온은 그렇게 돌아섰다.

그가 사라지자 갈레스 후작은 길게 탄식했다.

"도저히 3황자 전하의 의중을 모르겠습니다."

"명색이 황위 계승권자이니 욕심이 나는 것 아니겠소. 형님께서 저렇게 쓰러지시고 나니 도박이라도 해 보고자 하는 것일 테지."

"3황자께서 그리 욕심 많은 분이라 생각지는 않았습니다만."

"권력에는 부모 형제도 없다고 하지 않소."

"정말로 죽이실 겁니까?"

"가능하면 그러고 싶지 않지만, 녀석이 내게 대적하여 칼을 휘두르려고 한다면 어쩔 도리가 없음이겠지요."

"그리되지 않기를 바랍니다."

"쯧, 어차피 원정은 실패할 것이오. 변방에 처박히면 무릎이라도 꿇겠지."

아직까지 2황자는 자신의 동생이 기적을 일으킬 것이라는 생각을 손톱만큼도 하지 않고 있었다.

여명이 밝아 오는 아침.

전쟁을 하기에 참 좋은 날씨가 아닌가.

지금은 초봄으로 조금 쌀쌀하긴 했지만, 앞으로 미친 듯이 행군해야 한다는 것을 생각하면 차라리 이런 날씨가 나았다.

랭파인 공작은 약속대로 2천의 기병을 내어 주었다.

계획이 갑자기 변경되어 하루아침에 병력을 짜내기가 쉽지 않았을 텐데, 과연 총사령관이라는 생각이 들었다.

'랭파인 공작 파벌을 내가 흡수할 수 있을까?'

카온은 고개를 흔들었다.

거기까지 생각하기에는 시기상조였다.

뭔가 손에 쥐고 있는 것이라도 있어야 중앙 귀족들의 마음을 흔들어 볼 수 있을 터다.

"사령관 각하께!"

"충!"

기병들은 절도 있게 행동했다.

어중이떠중이도 보이지만, 일단 중앙군이라 그 말이다.

훈련 상태는 괜찮았다.

문제는 사기.

3만의 병력을 격파하기 위해 모집되었는데, 고작 2천으로 적을 쪼갠다는 것은 어불성설로 보였다.

이런 때에는 목표를 제시하여 아예 그런 생각조차 하지 못하게 만들어야 한다.

"우리는 하루 100km를 주파한다."

"……!"

"5일 만에 목적지에 도달한 후, 다음 날 새벽에 적을 친다."

웅성웅성.

술렁거림이 일어났다.

이게 뭔 미친 계획인가 싶은 것이다.

하지만 정신 나간 이야기는 아직 시작도 하지 않았다.

"최대한 무장은 가볍게 한다. 불필요한 중갑은 다 떼어 버려라. 경무장을 할 것이며, 식량은 5일 치만 휴대한다."

"전하! 그러면 식량의 보급은 어찌합니까?"

"적의 것을 약탈한다."

기병들의 얼굴이 일그러졌다.

점입가경이라는 말이 딱 맞았다.

경무장에, 식량은 앞날이 없는 것처럼 챙긴다.

적지에서 보급을 한다는 무식한 계획으로, 뒤쳐지면 죽은 목숨이다.

이는 정확히 카온이 노리는 바이기도 했다.

'그래야 죽어라 달리지.'

"우리는 반드시 승리한다. 준비가 미흡한가? 적도 마찬가지다. 졸지에 기습을 당하는 장면을 한 번 상상해 보라. 전쟁 준비에 만전이란 존재하지 않는 법. 승리를 제군들에게 안겨 주고 모두 특진시킬 것이다!"

카온은 온갖 말발로 사기를 강제로 부양시키려 했다.

특진과 포상, 전리품에 이르기까지.

한참이나 약을 팔고 나서야 어느 정도 분위기가 잡혀 가고 있었다.

여기에 마지막 한마디.

"불복은 항명죄로 다스릴 것인즉, 진군하라!"

5일 동안 총 500km를 주파하는 미친 행군이 시작됐다.

두두두두!

수도를 벗어나고 하루.

처음 출발할 때까지만 해도 카온은 자신이 있었다.

멍청한 작가를 엿 먹이고 당당하게 적을 쳐부순 후, 세력을 키우기까지, 눈앞에 모든 것이 잡힐 것 같았다.

모든 것은 정신력의 싸움.

하루 평균 100km를 주파하여 호기롭게 적과 싸우……

기는 개뿔!

'엉덩이가 아파 뒈지겠다.'

어디 엉덩이뿐일까.

팔과 다리, 허리에 이르기까지.

온몸에 쑤시지 않는 곳이 없었다.

그나마 황자라는 몸의 특성상, 어려서부터 승마를 익혀 몸이 기억하지 않았다면 낙오하고 말았을 것이다.

"전하! 전방에 찬기를 막아 줄 절벽이 있사옵니다. 그 앞에 야영지를 꾸릴까요?"

"그……래."

카온은 말할 힘조차 없었다.

소설 속에 떨어졌다고 해서 바위를 두부처럼 가르거나, 마법 한 방으로 적을 쓸어버리는 일 따위는 벌어지지 않았다.

그나마 다행스러운 점은, 일군의 사령관이라고 직접 움직이는 일은 없다는 것이다.

다른 기병들처럼 막사를 치고 식사를 준비하며, 불침번까지 섰더라면 버티지 못했을 것이다.

카온은 서 있기도 힘들었지만, 나약한 모습을 보이지 않았다.

활시위는 떠나갔고, 조금이라도 카온이 무너지는 모습을 보인다면 가뜩이나 불안한 사기가 단박에 꺾여 버릴 것이라 생각했다.

"전하! 식사하시죠!"

우두둑!

"괜찮으십니까?"

카온이 휘청거리자 미첼이 걱정스럽게 물었다.

급하게 주변을 둘러봤다.

다행히 횃불 사각지대에 있어 누가 본 사람은 없는 것 같았다.

미첼은 작게 한숨을 내쉬었다.

"그렇게 힘드시면, 차라리 중간중간에 쉬었다가 가지 그랬습니까. 앞으로 4일을 어떻게 버티시려고요?"

"……."

'앞으로 이 짓을 4일이나 더 해야 된다고?'

자신이 계획한 일이긴 해도 지옥문이 제대로 열릴 것이다.

"끄응, 오늘 일은 비밀이다."

"저야 당연히 비밀을 지키죠."

조금 가벼워 보여도 속정이 깊고 생각이라는 것을 할 줄 아는 인간이 미첼이었다.

카온이 아무렇지도 않게 기사들과 둘러앉자, 그들도 의외라는 표정이었다.

솔직히 버티지 못할 것이라고 생각한 사람이 과반 이상이었으니까.

황권은커녕 매일 술이나 퍼마시며 살았던 그에게 기대를 했던 사람은 없었다.

"뭘 그리 뚫어져라 보나. 내 얼굴이 그렇게 잘났어?"

"커흠, 전하. 피로하지는 않으십니까?"

"솔직히 피곤하지 않은 사람이 있겠나."

카온이 태연한 척하자 기사들은 약간이나마 긍정적인 시선으로 보았다.

병사들도 마찬가지였다.

소설 속에 표현되는 카온의 모습은 어린아이 그 이상도,

이하도 아니었다.

도저히 하루 100km나 되는 행군을 버틸 것이라 여기지 않았던 것이다.

그러다 보니 이런 소문이 병영에 돌았다.

"전하께서 지금껏 본심을 숨기고 있었다던데?"

"에이, 전하께서 연기를 그렇게 잘하실 분은 아니잖아."

"지금 저 모습을 보게. 우리도 힘들어 죽겠는데 전하께서 버티셨네. 오늘 쉰 적이 있긴 했나?"

"그러고 보니……?"

여기저기서 긍정적인 소리가 나왔다.

카온은 좀 더 사람들에게 희망을 전해 주기로 했다.

"적들은 방심하고 있을 것이다. 설마하니 5일 만에 수도에서 반란군 진영을 주파할 것이라고 예상이나 했겠나."

"허를 찌른다는 것인데. 과연 통할지 모르겠습니다."

"그 때문에 저걸 짊어지고 가는 거야."

보급품에는 정체불명의 자루가 하나씩 들어 있었다.

열어 보지 말라는 엄명이 있었기에 다들 철칙처럼 지키고 있는 중이었다.

그럴 리는 없겠지만, 혹시라도 첩자가 있다면 원정이 망할 수 있기에 보안을 철저하게 지키고 있었다.

"도대체 저게 뭐기에……?"

"도착해서 보면 알게 된다."

나름 비장의 카드였다.

카온이 무작정 적진을 향해 돌격하는 것은 아니었다.

하루가 지나고 이틀이 흘렀다.

카온은 초주검이 됐다.

처음에는 어떻게든 의젓한 모습을 보이며 병사들의 사기가 떨어지지 않게 했었지만, 슬슬 무리가 오고 있었다.

행군 3일째.

카온은 거의 말에 업혀서 이동했다.

'몽골군 새끼들은 다 괴물이었나?'

애초에 100km를 행군 속도로 잡은 이유가 있었다.

중무장한 고구려의 개마무사가 하루 평균 70km 이상을 주파하였으며, 몽골군은 134km를 이동했다고 한다.

아군도 경기병이었기에 충분히 가능할 것이라고 여겼는데, 그건 분명 괴물같이 훈련한 최정예이거나 어려서부터 말과 함께 살아온 유목민이었기에 가능한 일이었다.

훈련 따위 해 본 적이 없는 카온에게는 죽음의 행군이었다.

기병도 지쳐서 정신력으로 버티고 있을 지경이었으니, 카온에게는 이보다 극한이 없었다.

그럼에도 행군 속도는 줄어들지 않았다.

행군 4일째.

더 이상 카온은 말고삐를 쥘 수 있는 힘조차 없었다.

참모진을 포함한 기사단 전원이 쉴 것을 권고했지만 카온은 젊은 육체를 믿고 강행했다.

이제는 밧줄로 몸을 묶어 말에 고정시킨 후에 달렸다.

전방, 좌우로 기병이 셋이나 붙어 거의 끌고 가다시피 하여 하루를 간신히 마쳤다.

마지막 날.

카온은 반쯤 시체가 됐다.

본인은 영 폼이 나지 않는다고 생각했지만, 병사들의 생각은 달랐다.

"귀하게 자라신 분이 이런 강행군을 5일이나 버티시다니! 정말로 변하셨군."

"그러게 말이야. 나도 오늘 오줌을 싸다가 바지에 지릴 뻔했다니까. 다리에 힘이 풀려서."

다들 카온의 정신력에 감탄했다.

기사들도 마찬가지였다.

"전하께서 해내실 줄은 몰랐어."

"나도 마찬가지일세. 기사들인 우리도 이렇게 힘든데, 화초처럼 자라신 전하는 오죽하실까 싶네."

누가 보면 황자가 아니라 노예가 말에 결박된 것이라고 착각할 정도의 모습이었으나, 다들 경의를 표했다.

낙오하는 병사 따위는 나오지 않았다.

황자도 가는데, 정예병이 낙오를 해?

그런 생각을 하면 개망신이 따로 없었기 때문이다.

마침내.

"전하! 목적지에 도착했습니다!"

"씨…… 씨발!"

카온은 어슴푸레하게 언덕이 보이자 그대로 기절해 버렸다.

카온이 한국에서 살아갈 무렵, 대학에 입학 원서를 내고 친구들과 일용직 노동을 한 적이 있었다.

하필이면 벽돌을 짊어지고 4층을 계속 오가는 일이었는데, 3일 정도 하고는 며칠을 앓아누웠다.

지금의 상황은 그때의 몇 배나 더 힘들었다.

정신력?

그것도 기본적인 체력이라도 있어야 버틸 수 있는 것이지, 지금의 카온처럼 기본기조차 갖추어지지 않은 상태라면, 무리한 행군에 초주검이 되는 것은 매우 자연스러운 현상이었다.

어제저녁, 목적지에 도달한 즉시 카온은 기절했다.

잠깐 눈을 감았다가 떴다고 생각했는데 그게 아니었던 모양이다.

"전하, 새벽 4시입니다."

"……!"

카온은 허겁지겁 일어났다.

'이런 병신 같은!'

스스로 생각해도 한심했다.

무엇을 위해 5일 동안 그리 노력했던가.

오직 적의 허를 찌르기 위해서였다.

1분 1초가 아까운 시국에 밤을 새워도 부족한데, 늦잠을 자 버리다니!

미첼 경이 카온의 갑옷을 입혀 주며 말했다.

"준비는 끝났으니 그렇게까지 급하게 서두르지 않으셔도 됩니다."

"준비가 끝나?"

"어제 전하께서 제게 작전을 알려 주시지 않았습니까?"

"아아."

카온은 그 자리에 주저앉아 버렸다.

미첼의 말이 맞다.

행군 5일째가 되는 어제였다.

비몽사몽의 가운데서도 카온은 미첼을 불러 간신히 목소리를 쥐어짜며 이야기했다.

"내가 혹시라도 일어나지 못하면, 경이 기사단에 작전을 전파해야 한다."

"어떤……?"

"저 자루에는 가벼운 허수아비가 들어 있어. 바람이 조금이라도 불면 마치 사람이 움직이는 것처럼 흐느적거릴 거야. 허수아비를 드문드문 세워 놓고 횃불을 든 것처럼 만들어라. 준비는 다 해 두었으니 어렵지는 않아."

"언제 그런 준비를 다 하셨습니까?"

"내가 아무런 준비도 없이 왔겠냐? 준비가 끝나면 나팔수를 군데군데 배치하도록 해. 사방에서 우리가 휘몰아치는 것처럼."

"그리고 돌격합니까?"

"준비가 끝나면 반드시 나를 깨워야지."

카온은 상념을 마쳤다.

천운이 아닐 수 없었다.

제정신이 아닌 상태에서 준비하라고 이르긴 했지만, 그로 인하여 원정에서 실패하지 않을 것 같았다.

그는 가슴을 쓸어내린 후 갑옷으로 갈아입었다.

"그런데, 전하. 괜찮으십니까?"

"젊어서 그런가, 생각보다는."

사실 어제까지의 행군을 생각해 보면, 지금쯤 일어나지 못해야 정상이었다.

비록 온몸이 쑤시고 걷기도 힘든 것은 맞았으나, 그렇다고 아예 일어서지 못할 정도는 아니었다.

'사실 3황자의 기본 체력이 생각보다는 좋았나?'

아직까지는 그리 여길 뿐이다.

밖으로 나오자 싸늘한 공기가 느껴졌다.

병사들의 병장기에 서리가 약간 내린 것도 보였다.

미첼 경의 말대로, 전 병력이 준비를 마친 상태였다.

긴장한 가운데에도 분위기는 고조되고 있었다.

중세의 병사라고 하여 기본적인 안목도 없다고 생각하기 쉽지만, 그 반대다.

목숨이 걸린 일인데 어찌 그럴까.

신병도 드문드문 보였지만, 기본적으로 10년 이상 복무한 베테랑이 다수였다.

지금의 진영과 준비한 것들만 보아도 어떤 작전으로 적을 치려는지 알 수 있는 것이다.

카온이 나오자 기사들이 몰려왔다.

"전하! 그냥 쉬셔도 됩니다만."

기사단장 제롬 경이 기겁을 하며 말했다.

그가 생각하기에, 여기까지 보여 준 카온의 모습만 해도 충분히 훌륭하다고 여겼다.

지옥의 행군, 그리고 생각보다 탄탄하게 짜인 작전.

급조한 것치고는 제법 훌륭했다.

그럼에도 카온이 직접 지휘를 하려하였으니 걱정이 되는

것이다.

그러나 곧 기사들의 반응은 걱정에서 충격으로 바뀌었다.

"내가 선봉에 선다."

"……!"

반대가 터져 나왔다.

"안 됩니다! 우리들만으로 충분해요!"

"그러다 다치거나 돌아가시면 저희는 어쩝니까?"

"승리해도 패배한 것으로 간주될 겁니다!"

"나 역시 모든 것을 걸었다는 뜻이야. 경들이 나를 지키면 될 것 아닌가?"

"하나."

카온은 비장한 표정을 지었으나, 내심은 딱히 큰 전투가 벌어질 것 같지 않다는 생각이 들었다.

지금의 반란군은 단단하지 않은 상태.

대충 농민들을 끌어모은 것에 불과하였기에, 사기가 떨어지는 순간 지리멸렬하게 되어 있었다.

몇 달이 더 흐르고 나면, 나름 훈련도 하고 경험이 쌓여 대군이 조직된다. 그때는 주인공조차 고전하게 될 정도로 상황이 심각해지는 것이다.

하나 지금은 그렇지 않다.

'내가 미쳤나? 여기서 죽게.'

현대인 정신을 가진 카온은 이걸 퍼포먼스의 일종으로 보았다.

 기병을 이끌고 황족이 직접 돌격했다는 상징성.

 실질적으로는 거지 떼나 다름없는 반군 진영을 휘저으려는 즉시 무너지게 될 가능성이 높았지만, 세간에 알려지기로는 어마어마하게 포장될 것이 틀림없었다.

 두렵지 않은 것은 아니다.

 그러나 직접 돌격했다는 소문이라도 만들어 낸다면, 카온의 평가는 수직으로 상승하게 될 터이니, 달리 말하면 기회였다.

 준비는 모두 끝났다.

 카온은 더 이상 기사들이 반대하기 전에, 말 위에 올라 돌격했다.

 "가자!"

 "제, 제길! 전하를 따른다!"

 카온이 먼저 치고 나가자 기겁한 기사들과 기병들이 그 뒤를 따랐다.

 차가운 바람이 공기를 갈랐다.

 뺨에 한기가 스칠 때마다 방광이 반응하는 것처럼 느껴졌다.

 '솔직히 지릴 것 같다.'

먼저 말을 타고 호기롭게 달리기는 했지만, 사람을 상대로 칼을 휘두르기 위해 돌격하는 건 난생처음이었다.

현대인의 감성이라면 어쩔 수 없다는 것을 알면서도 두려움이 엄습했다.

온몸에서 느껴지는 말의 진동이 아니었다면, 지금쯤 다리를 부들부들 떨며 주저앉았을지도 모른다.

하지만 남자가 칼을 뽑았으면 썩은 무라도 베어야 하는 법이다.

두두두두!

적의 진영이 코앞이었다.

그때, 언덕 뒤에 대기하고 있던 병사들이 허수아비를 일제히 올렸다.

삼국지에서 봤나, 어디서 봤나 기억은 정확하지 않았지만, 허수아비 하나에 초를 6개씩 켜고 있었다.

총 4천 개의 허수아비를 동원하였으니, 얼핏 보면 2~3만의 정예군이 진군하는 것처럼 보일 터다.

바람은 미약했지만 주변 전체가 일렁거리는 느낌이었다.

동시에.

뿌우!

사방에서 나팔수들이 진군을 알리는 나팔을 불어 댔다.

동서남북 어디를 보아도 어둠 속에서 아군이 진격하는 것처럼 보이게 만드는 세밀한 전략이었다.

'속아 줄까?'

성공을 확신하면서도, 마음 한편엔 걱정 한 조각이 자리 잡았다.

과연 카온의 작전이 제대로 먹혀들어 갈지에 대한 것이었다.

그는 검을 빼며 정면을 겨누었다.

"돌격!"

"와아아아!"

기병들이 거침없이 쇄도했다.

카온도 나름의 각오를 다졌다.

'뭔가 다르다.'

어제 죽을 고비를 넘기고 났더니, 묘하게 마음 한구석에서 자신감이라는 놈이 고개를 들고 있었다.

카온은 그저 아드레날린 덕분이라고 일축하고 말았지만, 그보다는 좀 더 고차원적인 뭔가가 내부를 변화시키고 있는 듯했다.

당황해하는 적이 시야에 들어왔다.

꾸벅꾸벅 졸고 있던 적들이 대군(?)을 목격하고 혼비백산하며 달아나기 시작했다.

애초에 저 정도면 경계 병력이라 볼 수도 없었다.

목책조차 존재하지 않았고, 적 전원이 평야 한복판에서 어설프게 진을 친 채 잠들어 있었다.

드디어 내부로 진입했다.

카온의 검이 갑옷조차 갖추어 입지 못한 적병의 목을 갈랐다.

서걱!

피가 사방으로 튀었다.

차가운 공기에 피부가 적응한 가운데, 뼈가 갈리는 느낌과 함께 뜨거운 피를 뒤집어쓰자 정신이 확 깨는 느낌이었다.

'내가 이렇게 칼질을 잘했나?'

사실, 검을 쓰는 순간 개판이 날 것도 각오했다.

꼴사납게 낙마하여 적병과 나뒹구는 모습도 상상했었다.

하지만.

서걱! 서걱!

검이 적의 목을 스칠 때마다 마치 낫으로 추수하듯 잘려 나갔다.

"와아아아!"

카온이 의외로 분전하자 사기가 바짝 올랐다.

아군은 준비한 횃불을 막사로 던져 넣었다.

드디어 적 진영이 활활 타오르기 시작했다.

이 무식한 놈들은 추위를 피하려는 목적인 것인지, 막사를 다닥다닥 붙여서 지어 놓았다.

이런 기형적인 형태 덕분에 진영 전체가 불길에 휩싸였

으며, 카온의 군대가 단 한 번 이곳을 스치고 지나갔음에도 초토화되었다.

살아남은 자들이 허겁지겁 도주하고 있었다.

한눈에도 2만은 되어 보이는 병력이었다.

머리에 피가 쏠린 제롬 경이 소리쳤다.

"전하! 적을 추격하여 전과를 확대합니까?"

"적당히 죽이고 빠져라! 결코 깊숙하게 들어가서는 안 된다!"

"예!"

불타는 막사를 뒤로하고, 기병들은 무방비 상태의 적들을 뒤에서 학살하기 시작했다.

추격을 하다가 멈추어 화살을 쏘고, 다시 추격하는 행위를 반복했다.

대지가 피로 물들었다.

준비한 것에 비하면 전쟁은 매우 싱겁게 끝났다.

아군의 사상자는 극히 미미했다.

제대로 된 전투라고 할 것도 없었기에, 다치는 놈이 병신이다.

"대승입니다, 전하! 저는 믿고 있었어요!"

미첼 경이 달려오며 함박웃음을 지었다.

"허험, 당연한 일이다."

"그동안 실력을 숨기고 있으셨군요!"

자연스럽게 카온의 평판은 수직으로 상승했다.

이 소식이 수도로 전해지면 한바탕 난리가 날 것이 뻔했다.

"그나저나."

"왜 그러십니까?"

"이놈들은 왜 이렇게 약하지?"

"당연해 보이기는 합니다."

추격전이 이어지면서 적들의 숫자를 착실하게 줄여 가고 있었다.

전공을 약간 부풀려 보고해도 전혀 상관이 없을 정도의 대승이었다.

전쟁에서의 전공은 과대하게 포장되기 마련이었으니, 카온이 5만 대군을 찍어 눌러 버렸다는 소문이 날 수도 있었다.

당연히 적은 5만이 안 됐지만.

"아무리 그래도 병신 같은 모습인데."

너무 쉽게 이겨 버리니 오히려 찝찝하기만 했다.

하지만 반란군에게도 나름대로의 사정이라는 것이 있었다.

현재, 제국은 위기였다.

수도 가까운 곳은 통제가 잘 되었지만, 지방에서는 각 제후들이 힘을 키워 슬슬 제국을 조각낼 준비를 하고 있었다.

황제가 그나마 버티고 있었으며, 그 아래 파벌들은 자신이 밀고 있는 황자들을 황위에 올리기 위해 노력하고 있기에 버티는 것일 뿐.

힘 있는 제후들이 중앙으로 올라가 세력을 형성하는 바람에 각 변경백이나 제후들의 아슬아슬한 균형이 유지되고 있는 것이다.

하지만 그것도 머지않았다.

황제가 서거하는 순간, 제국은 망조가 들고 말 터였다.

그라칼 백작이 이 시점에 반란을 일으킨 것은 조금 성급한 감이 있었으나, 그 나름의 생각은 있었다.

"내가 들고일어나 한 지방을 삼킨다면, 간을 보고 있던 제후들도 득달같이 일어날 것이다."

혼자의 힘으로 제국을 패망시키는 것은 불가능하다.

그는 다른 제후들을 끌어들일 생각을 했다.

각 제후들에게 격문을 돌려 망조에 접어든 제국을 타도하고, 새로운 세상을 열자고 제안했다.

몇몇 제후들이 긍정적인 답변을 보냈다.

그라칼 백작이 반란에 성공하여 제국 중남부 지역을 점령한다면 움직이기로 말이다.

백작은 제후들의 반응에 힘입어 철저하게 계획을 세우기에 이르렀다.

[가혹하게 백성을 수탈하는 황가를 타도한다.]

제국을 어찌하겠다는 말은 일절 하지 않았다.

그 대신, 농민들의 실질적인 이익을 명분으로 내세웠다.

현재 제국의 공식적인 세율은 40%로, 그중 반은 영주가, 반은 황실에 납부하게끔 되어 있었다.

하지만 행정력이 제국 전역에 미치지 못하여 세금 징수원을 고용해 쓸 수밖에 없었는데, 그 병폐가 이루 말할 수 없었다.

그들은 각 영주들과 결탁하여 무려 60~80%의 세금을 징수했고, 이익을 제후들과 나누었다. 그러면서도 세율이 높아진 것은 제국의 횡포 덕분이라고 말하였으니, 백성들의 불만은 하늘을 찌를 지경이었다.

그 가운데, 그라칼 백작이 정의롭게(?) 검을 들었다.

3천에서 시작한 군대는 순식간에 3만으로 불어났고, 이 성공에 자극을 받은 여러 제후들이 들고일어나 군대를 이끌고 진군했다.

모든 것은 순조로운 듯이 보였다.

시간을 끌기 위하여 제국의 3황자가 군을 일으켜 온다지만, 상당한 시일이 걸릴 것이다.

그때가 되면 각 제후들은 물론이고 여러 백성들이 합류하게 될 것이니, 제국이 뒤집어질 날도 머지않은 것이다.

분명히 그랬어야 했다.

"각하! 기습입니다!"

"뭣이!?"

좋은 꿈을 꾸며 자고 있던 백작은 벌떡 일어났다.

무장을 할 틈도 없었다.

그가 일어났을 때에는 이미 사방에서 적들이 짓쳐드는 소리가 울려 퍼지고 있었다.

뿌우!

두두두두!

흐릿한 새벽안개를 뚫고 대규모 기병이 진영을 휘젓고 있었다.

사방에서 들리는 진군 소리 하며, 수만의 군대가 이미 지척에 이르렀다고 보고해 왔다.

"최소 5만! 어쩌면 10만 이상일지도 모릅니다!"

척후병이 다급하게 보고했다.

사실, 척후병도 일이 터지는 즉시 일어나 임무를 수행했던 것이지, 밤새도록 주변을 돌아봤던 것은 아니다.

그만큼 기강이 개판이었다.

이런 사실을 알 턱이 없는 백작은 척후병의 말을 신뢰할 수밖에 없었다.

"10만이라고 했느냐!"

"제국군이 이미 산등성을 넘어 진격하고 있습니다! 동서남북으로 군이 압박을 시도합니다!"

무너진 군율과 해가 뜨기 직전의 기습이 3황자의 작전을 완벽하게 만들어 주었다.

"불이야!"

그 순간에 화마가 치솟았다.

막사를 다닥다닥 설치한 덕분에 불길이 순식간에 치솟는 것이었지만, 이마저도 경황이 없는 백작에게는 대군이 들이닥쳤다는 신호로 보았다.

"끄아아악!"

비명 소리와 말발굽 소리, 병장기 부딪치는 소리가 지척에서 들리자 그는 도저히 가망이 없다고 판단했다.

"당했구나!"

3황자가 온다고 했기에 방심한 탓이었다.

황궁에서 일어나고 있는 실제의 상황과는 반대로, 중앙과 먼 지역의 제후들은 제멋대로 그들의 싸움을 해석했다.

각 파벌의 대립이 격화되는 바람에 군을 움직이기가 쉽지 않다고.

3황자가 게을러 터졌다는 소문 역시 방심했던 이유다.

백작은 그 자체가 기만술의 일종이라고 판단했다.

"랭파인 공작! 감히!"

총사령관이 움직인 것이다.

바깥으로는 제국 내부의 권력 다툼 때문에 느릿느릿하게 군을 움직일 수밖에 없게끔 판단하게 하고, 본인은 몰래 대군을 나누어 보내 이곳에서 모이게 했다.

  최종적으로는 포위 섬멸을 노리는 술책이었다.

  섬뜩한 생각에 소름이 팔을 타고 올라왔다.

"퇴각한다!"

"퇴각하라!"

이것이 반군 전체가 퇴각하고 무너지게 된 배경이었다.

화르르륵!

막사가 불타고 있었다.

  그런 와중에 카온은 공격 중 보급 부대 100기를 따로 빼내어 보급 창고를 털게 했다.

  설마하니 군영 전체가 이토록 신속하게 타오를 줄은 몰랐기에 기겁하며 식량부터 확보하게 했던 것이다.

  약간의 식량은 건질 수 있었지만, 그뿐이었다.

"전하, 하루치밖에 건지지 못했습니다."

"……."

보급병을 이끌었던 바이슨 경이 무릎을 꿇고 죄를 청했다.

분명히 대승이긴 했다.

오늘만 적 2만 이상을 사살했다.

  살아서 패주한 놈들이 1만 남짓이었기에 기적에 가까운 전공을 올렸다고 볼 수 있었다.

병사들은 아드레날린이 폭주하여 괴성을 지르며 돌아다녔는데, 여기서 식량이 다 떨어졌다고 말하면 사기가 곤두박질할 것이 뻔했다.
　카온의 성공 신화(?)는 이제야 시작되려 하고 있었기에, 그 위에 찬물을 뿌릴 수는 없었다.
　"모두 예상했던 일이다."
　"그, 그렇습니까?"
　"보급은 받을 수 있다. 우리가 크게 승리하였으니 제후들은 우리 전력을 과대평가할 것이 아니냐."
　"그렇지요?"
　"최악의 경우에는 주변의 제후를 협박하면 되는 일이고, 그 밖에도 방법은 있다. 가까운 곳에 반군의 본거지가 있지 않느냐. 적 본대는 그곳으로 퇴각하지는 않았다."
　"예, 전하의 명령에 따라 적도들을 남쪽으로 밀어 버렸습니다."
　"반군 본거지를 점령한다."
　"오오오!"
　카온은 상황을 간신히 수습했다.
　잘못하면 난리가 날 수도 있는 상황을 아무렇지도 않게 넘겼다.
　사실 반군을 격파한 것만으로도 목적은 달성하고 남았지만, 반란군의 발원지를 점령해 버리면 그 전공은 누구도 무시하지 못한다.

그라칼 영지는 지금 무주공산이었다.

허수아비를 재활용하고, 공격할 모션만 취해도 백기를 올릴 가능성이 다분했다.

카온은 기세를 타고 그라칼 지역을 통째로 점령하기 위해 급하게 군을 움직였다.

카온은 시간이 없다는 사실을 잘 인지하고 있었다.

반군의 본대는 격파했지만, 원작의 흐름상 지금쯤 반란을 일으키기 위해 여러 제후들이 그라칼 영지 쪽으로 향하고 있다는 사실을 알고 있는 것이다.

가능하면 빠르게 그라칼 본령을 점령하는 것이 목표다.

기사들은 사실 이렇게까지 빠르게 진격하는 것에 대해 약간 의구심을 가지고 있었다.

아무리 한 번 격파되었어도 반군은 1만이나 살아서 도주하였으며, 조직적으로 내부에서 대항하면 시간이 걸릴 수도 있었기 때문이다.

카온도 약간의(?) 희생은 감수할 생각이었는데, 벌써 몇 개의 중소 도시들이 아군의 손에 떨어졌다.

"상업 도시 자벤과 그 주변 마을들이 죄다 백기를 들었습니다!"

"그런가."

"전하의 말씀이 맞았습니다! 정말 신묘하군요!"

'사실은 나도 그래.'

카온이 순순히 백기를 들 것이라고 예상했던 곳은 본령이었다.

그곳에서는 제대로 준비하여 이전과 마찬가지로 기습할 작정이었기에 소수의 피해만으로 점령할 수 있다고 예상했던 것이지, 백작령의 모든 도시가 이런 식일 줄은 상상도 못 했던 것이다.

최악의 경우에는 병력의 반을 잃을 각오도 했다.

하지만 적들은 카온이 나타났다는 소문은 들어도 10km 앞까지 마중을 나와 무릎을 꿇었다.

"3황자 전하를 뵙습니다! 소인은 자벤을 다스리고 있던 마올락이라고 하옵니다."

"항복한다고?"

"예! 어찌 황제 폐하께서 전하께 10만 대군을 맡기시어 위엄을 보이셨는데, 항복하지 아니하겠습니까? 저는 애초에 이 원정을 반대하였으며 시골의 촌부로 살아가기를 원하였는바, 자비를 바랄 뿐이옵니다."

"……."

기사들은 서로의 얼굴을 어처구니없다는 얼굴로 바라봤다.

'10만? 우리는 2천인데?'

'과연, 전하의 신묘한 계책이 펼쳐진 것이구나!'

다른 말로는 설명할 길이 없었다.

첫 전투에서 승리할 것은 요행으로 설명할 수 있다.

하지만 벌써 며칠째, 진군을 하는 족족 적의 도시와 마을이 손에 들어오기 시작하였으니 얼떨떨한 기분이었다.

그때마다 카온은 기사 한 명과 극소수의 기병만 남긴 채로 다시 진군했다.

각 도시와 마을을 다스리는 기사들은 내부에서 병력을 징집하여 최소한의 방어군을 형성하고 있었으며, 카온은 보병도 일부 징집했다.

그 덕분에 지금은 병력이 5천까지 불어났다.

패잔병을 전향시킨 결과이기도 했다.

카온의 의도가 반영되었다고는 해도, 너무 빠른 진군에 겁이 날 법도 했지만, 여기서 멈추면 오히려 모양이 이상해지고 만다.

"그럼 본령까지 진군을……."

두두두두!

그때였다.

자벤에서 본령까지 며칠 남지도 않은 시점에서 전령이

당도했다.

무려 그라칼 본령에서 보낸 파발이었다.

미첼 경이 이를 확인하고 카온에게 내용을 전했다.

"전하! 그라칼 본령을 대리 통치하고 있는 행정관이 항복 의사를 전했습니다!"

"와아아아!"

워낙 미첼 경의 목소리가 우렁찼다.

제롬 경이 함박웃음을 지으며 엄지를 척 올렸다.

"전하! 설마 여기까지 고려하신 겁니까?"

"다, 당연하지."

"과연! 전하께서 한 번 지략을 펼치기 시작하시니 적들이 속절없이 무너지는군요! 하하하! 저는 정말이지 이토록 힘을 숨기고 계신 줄은 몰랐습니다."

"전에는 어떻게 생각했는데?"

"그걸 어찌 제 입으로 말하겠습니까?"

'이 새끼가?'

전에는 쌍욕을 입에 달고 살았다는 뜻이다.

빡침이 올라오려 했지만, 속을 다스려야 한다.

지금의 카온을 그렇게 생각했다는 뜻은 아니었기 때문이다.

"빠르게 이동한다!"

"예!"

카온은 말 위에 올라 본령으로 달렸다.

남하하는 동안에도 생각을 멈출 수가 없었다.

'도대체 소문이 어떻게 났으면, 우리가 10만 대군이 됐지? 하지만 상관없다. 속 빈 강정이라는 것이 들통나기 전에 최대한 빠르게 점령하면 그뿐.'

지금의 카온은 자신의 전략을 과소평가하고 있는 부분이 있었다.

3만에 달하는 본대가 패주하였는데, 기병이 선발대에 불과할 뿐이라는 사실은 누구나 예상(?)할 수 있는 것이다.

하나 카온이 생각하는 것보다 그라칼 영지에서는 아군의 전력을 과대평가하고 있었다.

그라칼 영지 본령.

호기롭게 반역을 일으켜 제국 중남부 지역을 점령해 나가고 있던 백작의 패주는 이 지역 전체에 어마어마한 파장을 일으켰다.

현장 지휘관들이나 그 3만의 병력 대부분이 징집병이며, 훈련조차 되지 않은 잡병에 불과하다는 사실을 알고 있었지 군략에 문외한인 사람은 그리 생각하지 않았다.

특히나 행정관들.

3황자의 파격적인 전술은 나름 똑똑한 축에 속하는 그라칼 백작까지 착각을 일으키게 만들었기에, 책이나 파던 문사 나부랭이가 전황을 똑바로 파악할 리는 만무했다.

"10만 대군이라고!?"

"제국군 본대가 10만이며, 오랜 시간 원정을 준비한 것으로 추측됩니다."

"대체 어떻게?"

"우리가 제국 정보부를 너무 과소평가하고 있었던 것 같습니다."

"이럴 수가."

경황이 없었던 그라칼 백작이 어떻게 판단했는지는 알 수 없지만, 그들이 파악하기로는 사전에 치밀하게 계획된 전술로 보는 것이 합당했다.

그게 아니면 지금의 상황은 도저히 설명되지 않았기 때문이다.

행정관들의 추측은 이랬다.

제국 정보부에서는 오랜 시간 제후들을 감시해 왔다.

그리고 위험인물들을 미리 지정해 더욱 면밀하게 조사를 시작했다.

그들은 그라칼 백작이 미리 병력을 징집하고 각 제후들에게 격문을 돌리는 것까지 모두 파악했으리라고 여겼다.

불온한 기운이 감도는 순간, 황제와 총사령관은 병력을 10만이나 준비하고 상인이나 용병 등으로 위장해 그라칼 영지 주변에 포진케 한 것이다.

때가 되어 반란이 일어났음에도 움직이지 않았던 것은 아예 그 싹을 뿌리 뽑기 위함이다. 주변 제후들이 반란에 참여하여 진군하는 순간, 전격적으로 병력을 일으켜 본대라고 할 수 있는 그라칼 백작의 군대를 전멸시켰다.

……여기까지가 행정관들이 할 수 있는 합당한 추론이었다.

"황태자가 쓰러지면서 황제는 황자들에게 기회를 주고 있습니다. 명목상 사령관은 3황자이며 그 뒤에는 총사령관 랭파인 공작이 본대를 지휘하고 있으리라 예상됩니다."

"이런!"

"3황자가 선발대를 이끌고 남하하고 있으니, 며칠 내로 이곳에 도착할 겁니다."

가일 준남작의 동공에 지진이 일어났다.

제국 기병대 2천 정도는 당연히 그의 선에서 막을 수 있었다.

하지만 그 뒤에 오는 본대가 문제였다.

선발대가 왜 선발대인가.

주변 지역들을 미리 탐사하게 하고, 최대한 유리한 조건에서 전쟁을 수행하기 위함이었다.

혹시 모를 위험을 감지하려는 의도도 포함되어 있을 터.

여기서 제국 중앙군과 정면으로 맞서면?

가문의 직계 혈족들은 모조리 처형된다.

"지금도 늦지 않았습니다! 항복해야 합니다!"

가일은 행정관들의 말에 휘둘리고 말았다.

본인은 물론이고, 가족들이 모조리 참살당할 바에는 자비를 구하는 것이 합리적인 선택이었기 때문이다.

"당장 전하께 파발을 띄워라! 그리고 우리는 전하를 맞을 준비를 한다!"

"예!"

그라칼 대평원.

백작령은 대영지인 만큼 제법 넓었다.

최대한 빠르게 진군을 해 나가던 카온은 하나둘 주변 영지의 제후들이 군대를 이끌고 참전하자 어쩔 수 없이 속도를 늦췄다.

다만, 그들도 눈치는 있는지라 보병이 아닌 기병을 먼저 선발대로 데려왔다.

보병은 진군하고 있는 중이라고.

"3황자 전하를 뵙습니다!"

제국 중남부의 중소 영주 3인방이 카온에게 무릎을 꿇었다.

이제 카온의 군대는 1만을 헤아리게 되었다.

심지어 여기서 끝난 것이 아니다.

주변 영주들은 숟가락이라도 얹어 보기 위해 더욱 가속

하여 참전할 것이니, 1~2주만 지나도 몇 만으로 불어날 것이다.

카온은 속으로 좀 놀랐지만, 겉으로는 근엄한 표정으로 연기했다.

"모두 일어나라."

"소문은 들었습니다. 전하께서 지금껏 실력을 숨기고 있으셨다고 말입니다. 일부러 방탕하게 사셨다는 말도 들었나이다."

"나는 계승권자다. 경들은 황궁의 비정함을 잘 모르겠으나, 형님께서 차기 황제로 자리를 굳히시니 오히려 떨어지는 칼날을 피해 살아가는 것이 상책이었다."

"오오, 과연!"

"나는 그저 잠자는 용이 되려 하였음이야."

제후들은 정말로 놀랐다는 표정을 지었다.

카온은 적당한 말로 자신을 포장하고, 모든 것은 형님을 위한 희생이었노라고 이야기했다.

'내가 이래 봬도 직장인 10년 차다. 그 치열할 현대 사회에서 짬밥 10년이면, 시골 촌놈들 속이는 정도는 손쉽지.'

영주들은 그냥 오지 않았다.

어떻게든 카온에게 잘 보이기 위하여 바리바리 뇌물과 먹을 것을 싸들고 왔다.

뇌물은 받지 않을 이유가 없었으므로 품에 잘 챙겼고, 음

식은 고생한 기병들에게 죄다 풀었다.

내일부터는 또 지옥 같은 행군을 이어 가겠지만, 그것도 머지않았다는 사실을 알았으므로 다들 기쁜 표정이었다.

카온은 가볍게 술잔을 영주들과 나누면서 미래를 논했다.

황권에 도전하게 된 이상, 어떻게든 인연을 맺은 영주들과 친분을 나누는 것은 정치적으로도 매우 중요한 행보였다.

일이 잘 풀려 가고 있었으므로 그는 오히려 작가에게 감사할 따름이었다.

'고맙다, 작가새끼야!'

그 순간.

콰르릉!

마른하늘에 날벼락이 한줄기 쳤다.

눈치 백단인 마로이 남작이 손뼉을 치며 기뻐했다.

"하늘도 전하의 앞날을 축복하고 있습니다!"

"맞소!"

다른 영주들도 이구동성으로 외치며 고개를 끄덕였다.

2만 대군.

카온은 최대한 빠르게 진군하려 하였으나 보병까지 모이기 시작하자 그럴 수가 없게 되었다.

기병대라도 먼저 보내려다 그만두었다. 척후를 운용해 살핀 결과, 이미 그라칼 백작은 자신의 영지에서 멀찌감치 떨어진 곳에 진을 치고 있다고 들었기 때문이다.

 반란군이 모두 모이기 전까지는 자신의 영지를 되찾을 생각이 없다는 뜻이다.

 카온의 전력을 과대평가하였기에 생긴 일이었다.

 그라칼 본령에서도 항복 의사를 표시하였으니, 급할 이유가 전혀 없었다.

 병력을 이 정도로 모으게 되었을 때, 주변 영주들에게 소문이 일파만파로 퍼졌다.

 작은 스노우볼이 눈덩이처럼 커지더니, 카온이 2천의 기병을 이끌고 직접 돌격하여 5만 대군을 순식간에 도륙한 것으로 포장되었다.

 이 역시도 하나의 소문에 불과할 뿐이고, 카온과 그의 군대에 대해서는 온갖 풍문이 붙어 다녔다.

 그리고 마침내.

 대군을 이끌고 온 카온의 발치에 가일 준남작이 무릎을 꿇었다.

 쿵!

 "저와 백성들, 그리고 가신들은 전적으로 반란에 반대하는 입장이며, 전하의 방문을 환영하는 바입니다!"

 "부디 자비를 베풀어 주시옵소서!"

족히 수백은 되어 보이는 자들이었다.

통치를 위임받은 가일 준남작과 여러 가신들. 영지를 방어하던 군대까지 죄다 몰려와 무릎을 꿇으니 장관이 따로 없었다.

카온의 표정은 매우 근엄했다.

"그 뜻이 갸륵한 바, 목숨만큼은 내 이름으로 보장하겠다."

"전하의 자비가 하늘과 같사옵니다!"

카온은 온정(?)을 베풀어 2차 반란을 차단했다.

일단 목숨은 살려 준다고 꼬드겼던 것이다.

죄인들을 노예로 만들지, 말지는 황실에서 판단할 일이었다.

제국 중남부 대영지인 그라칼 본령으로 향하는 도중에 미첼 경이 다가와 나직하게 말했다.

"전하, 지금쯤 황궁은 난리가 났을 것 같습니다."

"보상으로 골머리를 썩고 있을걸?"

"보상이요?"

"전공을 세웠으면 상을 주는 것이 마땅한 일이다. 그러지 않으면 누가 목숨 걸고 나라를 지키겠나?"

그러나 현재 황궁의 상황은 카온의 예상을 뛰어넘었다.

단순한 난리라고 할 수 없을 정도의 어마어마한 파장이 수도 전체를 강타하고 있었기 때문이다.

마이어스 제국 황궁.

최근 들어 매일 국무 회의가 이어지고 있었다.

그 이유는 단연 반란군 때문이었다.

황실 타도의 기치를 내건 가르칼 백작이 격문을 돌려 제국 중남부와 변경백들이 군을 이끌고 호응한다는 소식이 연일 정보부를 통해 전달되었다.

반군이 더 이상 세력을 확장하는 걸 방해하기 위해 3황자 카온이 기병을 이끌고 급파되었지만, 누구도 2천의 병력으로 적을 훼방할 수 있으리라 여기지는 않았다.

제국 내에서는 이미 중앙군이 편성되고 있었으며, 총 5만으로 구성된 2차 토벌군이 내려갈 예정이었다.

오늘은 출정식을 앞두고 황제가 토벌군 사령관에게 부월

을 내리는 날이었다.

"2황자는 앞으로 나오라."

"삼가 황명을 받드옵니다!"

2황자는 보무도 당당하게 황제의 앞으로 나아갔다.

어려서부터 두각을 나타냈으며 검술의 천재라고 불리던 반데스 폰 마이어스.

그와 비교하면, 누구나 3황자를 버리는 패로 알았으며 내부에서 반대하지 않은 것 역시 세력이 변변치 않은 망나니 황자를 이 기회에 낙마시킬 수 있으리라 여겼기 때문이다.

3황자 병력이 선발대라면, 2황자의 병력이 실질적인 토벌군이라 할 수 있었다.

황제가 부월을 내리고 있을 때, 급보가 도착했다.

"폐하! 3황자 전하의 장계이옵니다!"

"가져오라."

황제는 물론, 다들 올 것이 왔다는 표정이었다.

최악의 경우로는 3황자가 처참하게 패전하여 시신조차 찾지 못하게 되는 것이다.

그 망나니 황자라면 어떻게든 목숨을 부지했을 수는 있겠지만, 팔다리 하나 정도는 날아가지 않았을까 추측하는 자들도 있었다.

그러나 정보부로 날아온 장계는 상상을 초월했다.

쾅!

"뭣이!? 이게 사실이냐!?"

장계를 읽던 황제는 용상까지 내려치며 자리에서 벌떡 일어났다.

군주란 감정을 최대한 절제해야 하는 법이다.

황제가 이렇게까지 반응한다는 것은 3황자에게 큰 변고가 생겼다는 뜻이다.

'쯧쯧, 고작 한 줌도 되지 않는 병력으로 설치더니, 결국 유명을 달리한 모양이군.'

'그 망나니 녀석은 전쟁을 모르지. 피륙이 난무하는 진짜 전쟁터에서는 오줌을 질질 싸다 죽었을 가능성이……'

"2천의 병력으로 적 본대 5만을 격파하고 본거지인 그라칼 본령을 점령했다!? 게다가 주변 영주들을 끌어들여 철벽을 쳤다고?"

"그, 그렇습니다. 심지어 3황자 전하께서 직접 기병 돌격을 감행하셨다고……."

"그게 말이 되나! 뭔가 잘못된 정보는 아닌가? 파발이 오가는 속도를 계산해 보면 카온이 5일 만에 그 거리를 주파한 후, 하루 만에 적 본대를 깨부숴야 가능한 일이다. 어찌 이게 가능한가?"

"허수아비를 사용해 군을 부풀리는 허장성세를 부렸다고 하옵니다."

"허어."

웅성웅성.

장내가 술렁거렸다.

말로만 들어서는 정말 미친 성과였기 때문이다.

2천의 병력으로 5만이나 되는 본대를 치는데, 사상자가 거의 발생하지 않았다.

그것도 모자라 파죽지세로 진격까지.

전신(傳神)이라도 강림하지 않고서야 불가능한 위업이었다.

이 때문에 황제가 보기 드물게 놀랐던 것이다.

제신들도 마찬가지였다.

특히 2황자의 놀람은 대단한 것이었다.

"사실일 리가 없습니다!"

"입조심해라. 이 장계는 3황자뿐만이 아니라 주변 영주들이 교차하여 검증한 후 올라온 것이다. 공은 공이고 사는 사다."

황제는 총기를 발휘했다.

얼마 전에는 갑자기 미쳐 돌아서 3황자 단독으로 적을 치게 하는 명령을 내렸지만, 본래 황제는 성군의 자질을 갖춘 인물이었다.

망나니가 갑자기 엄청난 대공을 세웠다?

이걸 어찌 해석해야 할까?

'3황자는 일부러 실력을 숨기고 있었다.'

'황태자에게는 상대가 되지 않으니 황실 재산이나 탕진하며 스스로를 낮추었던 것이야.'

'하지만 이제 와서 이런 전공을 세웠다고 한들 2황자 전하를 뛰어넘을 수는 없을 것인데?'

다들 비슷한 생각을 했다.

전공이 부풀려지는 경향이 다소 있다고 해도, 적 본대를 격파하고 본거지를 점령한 것은 사실이었다.

제신들의 심사는 복잡하기 짝이 없었다.

그때, 3황자의 큰외할아버지이자 보급 사령관인 바이스 후작이 앞으로 나섰다.

"폐하! 아뢰옵기 황공하오나 3황자 전하께서는 지금과 같은 상황을 미리 예측하고 계셨사옵니다."

"승리를 예측해?"

"그러하옵니다. 적 본대를 밀어내고 본거지를 점령하는 공을 세운다면 필히 논공행상이 진행될 것이니 폐하께 상주하라는 내용이 있었습니다. 이 자리에서 밝히오리까?"

황제의 눈빛이 살짝 흔들렸다.

'카온 녀석, 지금까지 헛짓을 하고 살았던 것이 전부 연막이었나?'

추측이 사실이라면 대체 몇 수를 내다본 것인가.

2천의 기병을 내려 달라고 할 때에는 정신이 어떻게 된 것이 아닌가 걱정했는데, 그 전에 바이스 후작을 만나 논공행상에 대한 사전 논의까지 하고 갔단다.

실로 놀라웠다.

3황자를 향한 황제의 평가가 상향 조정되었다.

"말하라."

"3황자께서는 제국 변방인 비오르 영지에 부임하여 스스로의 능력을 증명하길 바랐사옵니다."

"스스로의 능력을 증명해?"

"비옥한 영지는 과분하다시며, 변방에 영지가 내려지기를 바랐사옵니다."

비오르 영지.

잘 알려지지는 않았지만, 이곳에는 마석이 풍부하게 매장되어 있었다.

카온이 비오르 영지를 점찍은 이유였다.

황제는 내심 흐뭇하여 바로 가결하려 하였으나, 갑자기 목소리가 나오지 않았다.

뭔가가 개입하는 것 같은 느낌이랄까.

3황자에게 무리하게 반란군 토벌을 지시하였을 때와 같았다.

"……불가하다."

"이유를 여쭈어도 되겠나이까?"

"비오르 영지는 너무 변방이다. 카온 녀석은 대공을 세웠음이야. 그 공을 치하하지 않는다면 누가 제국을 위해 목숨을 바치겠나?"

황제는 식은땀을 흘리며 변명했다.

다행히 이 변명은 제대로 먹혔다.

'3황자를 매장시킬 수 있는 기회다!'

그때, 2황자 파벌의 수장인 갈레스 후작이 앞으로 나섰다.

"하오시면 폐하, 3황자 전하를 북방 사령관으로 봉하시고, 람파스 영지를 하사하심이 어떻습니까?"

"람파스 영지?"

황제의 눈매가 뒤틀렸다.

최대한 공정하게 경합을 추진하려 하는 황제에게는 매우 거슬리는 이야기였다.

말이 북방 사령관이지 그냥 가서 죽으라는 뜻이다.

강렬한 추위는 물론이고, 온갖 맹수와 몬스터가 득실거리는 이 지역은 예부터 귀족들이 받기를 꺼려한 기피 지역이었다.

후작은 꽤나 선심 쓴다는 듯 주장했다.

"그곳에는 이미 북방군이 주둔하고 있으니, 3천 정도의 중앙군을 더 내려 준다면 큰 도움이 될 것입니다. 대공을 세운 황자 전하께 이보다 더한 영전이 어디 있겠나이까?"

'그건 영전이 아니지 않느냐?'

황제는 그런 목소리를 내려 하였으나 자신도 모르게 고개를 끄덕이고 말았다.

 신께서 내리는 징조.

 한낱 인간이 거부할 수는 없다.

 "가납한다."

 카온 3황자를 북방 사령관임과 동시에 람파스 영지의 주인으로 낙점한다는 황명이 내려졌다.

 카온은 그라칼 영지의 임시 영주로서 군림하며 군정을 펼쳤다.

 중소 영주들이 모여들면서 이곳에 주둔하고 있는 보병만 3만이 넘어갔다.

 본래대로면 토벌군 사령관인 카온이 직접 이 지역을 다스려야 했지만, 굳이 그러지는 않았다.

 귀찮은 일은 딱 질색이기도 했고, 어차피 곧 떠날 것임을 알고 있었기 때문이다.

 대부분의 일은 황가에 충성한다며 쫓아온 영주들에게 짬처리(?)시켜 버리고, 본인은 유유자적하게 수련을 하는데 시간을 쏟고 있었다.

 퍼버벙!

 "크억!"

 "이건 무슨!"

카온이 발견한 검기에 미첼 경이 기겁하며 물러났다.

불과 열흘 전까지만 해도 병사 하나를 간신히 이길 수 있을 실력을 지녔던 카온이었지만, 이제는 미첼 경마저 놀라게 할 정도로 발전했다.

기초 검술이 확고하게 다져진 것은 물론이고, 갑자기 검기까지 사용할 수 있게 된 것이다.

기사로 서임을 받아도 손색이 없을 정도의 실력이었다.

구경을 하고 있던 기사들은 깜짝 놀랐다.

"전하께서는 그동안 실력을 숨기고 계셨군."

"저희도 모르는 사이에 말입니까?"

"몰래 갈고닦으신 거지. 황태자 전하께 반기를 들고 싶지는 않았던 거야. 사실 이 정도 실력에 지략이면 충분히 세력을 만들고도 남았다."

"그렇군요."

기사단장 제롬 경의 말에 3기사단 기사들은 자신들도 모르게 고개를 끄덕거렸다.

카온이 보여 주고 있는 모습은 다른 말로 설명할 수가 없었기 때문이다.

하지만 정작 본인은.

'또 강해졌다고?'

원래 이 몸의 주인은 움직이는 것을 극도로 싫어하는 한량이었다.

힘이 일반인에도 미치지 못하였으며 징집병도 상대할 수 없을 정도로 약체였다.

그러나 어찌 된 일인지 행군을 버틸 수 있을 정도로 체력이 늘어났으며, 지금은 하급 기사를 상대해도 될 정도로 강해졌다.

열흘 전, 갑자기 머릿속에 기초 검술이 각인된 것이 시작이었다.

몸에도 살이 올랐으며, 오랜 시간 검을 수련한 기사들처럼 근육에 탄력이 생겼다.

뭔가 개입하고 있는 것이 분명했다.

그리고 오늘.

그 이유를 확실히 알 수 있었다.

"전하! 교대 병력의 선발대가 도착했습니다!"

"교대 병력?"

"기병대장이 황명을 들고 왔는데 어찌할까요?"

"어쩌기는? 바로 데려와라!"

기사들은 수련장으로 기병대장을 데려왔다.

카온은 황성이 있는 쪽으로 군례를 취한 후, 장계를 읽어 내려갔다.

"북방 사령관에 람파스 영지의 영주?"

"헉!"

"거, 거긴 오지 아닙니까!?"

기사들은 난감한 표정을 굳이 감추지 않았다.

황자의 입장에서 보면 변경의 사령관으로 부임한다는 것은 힘을 기를 수 있는 아주 중요한 보직이었다.

그러나 그것도 보직 나름이었다.

다른 지방도 아니고 고립된 북방이라니?

춥기는 더럽게 춥고, 여러 이민족과 몬스터까지 방어해야 하는 금역 비슷한 땅이었다.

얼마나 복무하기 어려웠으면 그곳은 역사상 단 한 번도 고위 귀족의 손을 타지 않았을 정도였다.

황실 직할지로 다스렸으며, 고정적으로 근무하는 북방군은 죄인을 강제 입대시켜 숫자를 채웠다.

부임하는 순간 고생길이 훤하게 열린다는 뜻이다.

"하!"

카온은 이제야 깨달았다.

직접 보급 사령관을 매수(?)하여 비오르 영지를 콕 집어 주었건만, 작가의 농간으로 눈이 뒤집힌 황제가 그를 북방으로 보내 버리는데 동의했던 것이다.

이것으로 알아낸 사실은.

'작가가 개입할 때마다 강해진다.'

갑자기 검술이 각인되고 물몸이었던 육체에 단단한 근육이 자리 잡게 된 이유.

작가라고 전지전능한 것이 아니었다.

이 세계에 개입하게 되면 그 반대급부로 뭔가를 주어야 한다.

카온이 빠르게 강해질 수 있었던 이유다.

기사들이 반발했다.

"전하! 당장 가서 따져야 합니다!"

"2황자가 수작을 부린 것이 틀림없습니다! 명령서에도 분명 2황자 딸랑이인 칼레스 후작이 개입됐다고 적혀 있지 않습니까!"

"그만."

카온은 떠들고 있는 기사들의 입부터 닥치게 했다.

이건 황명이었다.

더 나가면 황제까지 간접적으로 욕하게 될 수 있었기에 위험했다.

"선발대에 영지를 인계하고 황도로 올라간다. 그리고 바로 북방으로 부임할 것이다."

"전하! 이 정도 전공이면 더 좋은 땅도 얼마든지……."

"황명에 따르는 것이 도리이니, 더 이상의 발언은 불복으로 다스린다."

카온이라고 열받지 않는 것은 아니었지만, 북방의 람파스 영지도 나쁘지는 않다.

마석이 넘치는 비오르 영지보다는 미치지 못해도 충분히 성장의 발판을 마련할 수 있는 땅이다.

치명적인 단점과 기회가 공존하는 곳.

카온은 하늘을 쳐다보며 중얼거렸다.

"작가 이놈, 정말로 내용을 까먹었나?"

그날 밤.

날이 저물어 오늘 행군하기에는 늦었기에 가르칼 영지에서 하루를 묵으며 기병대장 한슨 경에게 지휘권을 양도하였다.

다른 황족 같았으면 가르칼 영지를 자신의 땅으로 삼겠다며 강짜를 부렸을 수도 있었으나, 카온은 그에 대해서는 일언반구도 하지 않았다.

어차피 가르칼 영지는 지옥으로 변할 땅이다.

2황자가 총사령관으로 온다고 하니 그에게 빅 엿을 먹일 수 있는 잠재력(?)을 갖추었다.

하루라도 빨리 사라지는 것만이 상책이었다.

카온은 떠나기 전 영주성 연회장에서 작은 파티를 열었다.

명분은 반군의 영지를 평정하는데 고생한 영주들을 위로한다는 차원이었지만, 꿍꿍이는 따로 있었다.

'상황이 바뀌었다.'

지금껏 중소 영주들의 호감을 사는데 주력하면서도 깊은 관계를 맺지 않으려 했던 이유는 그들과 이익을 공유할 필요가 없었기 때문이다.

예정대로 마석이 풍부한 비오르 영지를 얻었다면 마탑과 거래해도 충분했다.

그러나 람파스 지방을 다스리게 되었다면 말이 다르다.

그곳에서 나는 특산물을 거래해 줄 수 있는 상인이 필요했다.

단순한 상단보다는 어느 정도 세력이 있는 영주들과 함께한다면 운송비를 크게 줄일 수 있는 것은 물론이고, 직접적으로 제국 중남부 지역에 영향력을 행사할 수 있게 되는 것이다.

본격적으로 작업을 하기에 앞서, 카온은 영주들을 치하하면서 화기애애한 분위기를 조성했다.

"이 자리에서 우리가 술잔을 기울일 수 있게 된 것은 경들의 충심 때문이다. 황제 폐하께 상주하여 그 공로를 치하할 것이니, 추후 상이 있을 것이다."

"신들은 오직 전하의 자비에 기댈 뿐이옵니다."

말은 하지 않아도 영주들의 입이 귀까지 찢어졌다.

사실 그들이 한 일은 없었다.

카온이 본대를 격파하자 화들짝 놀라 뒤늦게 영지군을 급파한 것이었다.

그 이후에는 전투다운 전투조차 벌어지지 않았다.

다 된 밥에 수저만 얹은 격이 아닌가.

이걸 상주해 상까지 내린다고 하니 고마운 것이 당연했다.

'내가 황제에게 말하지 않아도 저들 스스로가 어떻게든 장계를 올려 자화자찬할 것이다. 이런 식으로 호감도 작업을 할 필요가 있는 거지.'

이것이 정치다.

과정이야 어찌 됐건 결과적으로는 영주들이 모여듦에 따라 일이 손쉬웠으니, 그 공로가 참작되는 것이 맞다.

카온은 슬슬 본론을 꺼냈다.

"듣자 하니, 제국 중남부 상권을 쥐고 흔드는 제후 삼인방이 있다고 하던데. 누군지 알 수 있겠나?"

"유프란스 강에 항구를 가지고 있는 세 명의 제후를 말씀하시는 것이군요."

기병대장 한슨 경의 말에 세 제후가 앞으로 나와 군례를 취했다.

마렌 자작, 가플란 백작, 루멘 남작이었다.

하나같이 똥보에 욕심이 가득하였는데, 얼굴에 개기름이 낀 꼴이 결코 호감형은 아니었다.

하지만 카온은 현대인 출신이었다.

상사의 비위도 맞추며 살았는데, 자신보다 아랫사람들을 자연스럽게 대하는 것쯤은 일도 아니었다.

"제국의 3대 부호가 여기 있었군."

"소신들은 그저 작은 상단 몇 개를 꾸리고 있을 뿐입니다."

"내, 형님께서 쾌차하신다면 북부의 영지에서 영원히 나오지 않으려 한다. 경들도 알다시피 제국 북부에는 진귀한 가죽이 많이 나지. 나도 먹고 살려면 상단을 운영하겠으나, 전국 유통망을 갖춘 인맥이 부실하다. 경들과 손을 잡고 싶은데 어찌 생각하나?"

"후, 훌륭하신 판단이십니다!"

세 제후의 눈이 빛났다.

제국 북부에서 나는 가죽은 당연히 비싸다.

금역 비슷한 인식이 있을 만큼 사람들이 가기를 꺼렸고, 죄인들을 잡아 강제로 복무시킬 지경이었으니 가죽이나 특산물을 거래할 수 있다면 큰 이익이었다.

"경들의 협력을 얻었으니 천군만마를 얻은 듯하다. 형님의 쾌차를 위해 건배!"

"황태자 전하의 쾌유를 위하여!"

카온은 이 자리에서 두 가지를 얻었다.

하나는 3황자가 황태자의 적이 아니며, 오히려 병을 털어 내길 바란다는 사실을 퍼뜨린 것이고, 또 하나는 상계의 인맥이었다.

'가죽이나 포션도 중요하지. 하지만 북방에는 그보다 돈이 되는 물건을 제작할 수 있다.'

생각할수록 마음이 든든해졌다.

그 추운 지방으로 올라가 범죄자 출신 병사들을 통솔하려면 많은 어려움이 예상되지만, 그 이후에 얻을 이익은 상상을 초월한다.

모두 소설의 내용을 상세하게 알고 있었기에 계획할 수 있는 일이었다.

자정까지 이어지던 술자리를 파했다.

3황자는 내일 아침 일찍부터 수도로 올라가야 했기 때문이다.

그러나 직접적으로 3황자와 인연이 맺게 된 중남부 유력 영주들은 의심을 거두지 않고 한자리에 모였다.

제국 중남부의 유프란스 강을 독점하여 막대한 이익을 내는 자들.

루멘 남작이 이 자리에 낄 수 있었던 것도 그 자금력으로 상당한 군사력을 가지고 있기 때문이었다.

연합의 수장 격인 가플란 백작이 3황자의 의도를 분석했다.

"갑자기 3황자가 장사에 관심을 가지다니. 어찌 생각하나?"

"2황자와 일전을 위해 돈이 필요하기 때문이겠지요."

마렌 자작이 심각한 얼굴로 말했다.

군사력을 강화해도 발언권이 떨어지는 루멘 남작은 가만히 상황을 지켜보고 있었다.

 백작의 눈동자가 깊게 가라앉았다.

 "돈이 된다면 3황자 역시 이용하지 못할 이유는 없으나 추후 2황자가 승리했을 때, 엮일 수 있지 않겠나?"

 "그거야."

 마렌 자작의 말이 궁색해졌다.

 3황자가 모두 보는 앞에서 대놓고 하는 제안이라 받기는 받았는데, 후환이 두려웠다.

 백작은 루멘 남작을 바라봤다.

 "자네가 말해 보게. 모략에는 정통하지 않나."

 "2황자에게 3황자와 관련된 정보를 캐서 주면 됩니다."

 "뭐?"

 "기적이라도 일어나 3황자가 승리한다면 기존 그대로 친하게 지내면 되는 것이고요."

 "하하하! 간단한 일이었군!"

 계승권을 가진 황자와 엮인다는 것은 정치와 무관할 수가 없어진다는 뜻이다.

 3황자가 먼저 접근하여 왔기에 영주들은 거절할 수 있는 권한이 없는 것이고, 뒤로 2황자에게 정보를 넘기면 양쪽에 다 줄을 댈 수 있으니 일석이조였다.

카온은 북쪽으로 쾌속 전진을 감행했다.

남하할 때 이용하던 길을 그대로 답습했다.

경로에 위치한 영지에 들러서 대접받을 수도 있었지만, 그라칼 영지가 언제 무너질지 알 수 없었기 때문이다.

카온이 황궁에 닿기 전에 그라칼 영지가 무너지게 된다면 그 책임은 그에게 있었다.

하지만 속히 황궁에 도착한 후에 점령지가 무너지면 2황자의 책임이 되는 것이다.

기사들도 그 사실을 잘 알고 있었기에 군말 없이 따랐다.

그들은 하루 90km를 주파했다.

'이제는 아무렇지도 않다.'

껑충 뛴 체력.

말에 묶여 질질 끌려오던 때를 생각하면 장족의 발전이었다.

황궁까지 하루를 남겨 둔 저녁.

카온은 다소 여유 있게 병영을 살폈다.

지쳐서 뻗어 있던 기병들은 상당히 놀란 얼굴이었다.

'불과 몇 주 전까지만 해도 초주검이 되지 않으셨나?'

'그사이에 단련이라도 하신 건가.'

사실, 지치긴 카온도 마찬가지였다.

시간에 쫓겨 남하할 때는 심각할 정도의 통증과 피로감을 호소했지만, 지금은 하루 정도 노동하고 조금 피로한 정도의 탈력감만 있을 뿐이었다.

"전하, 지금까지 오면서 생각했습니다만."

"말하라."

기사단장 제롬 경이 카온의 옆에 섰다.

기밀은 아니지만 밖으로 말이 돌아 좋을 것이 없었기 때문이다.

"북방 사령관으로 부임하시니 그곳 특산물을 유통해 줄 수 있는 상단이 필요한 것은 알겠습니다. 하지만 그 인간들을 믿을 수 있습니까?"

"못 믿지."

"예?"

"개기름이 좌르르 흐르는 얼굴을 봐라. 신뢰가 가게 생겼나. 친한 척하느라 죽는 줄 알았다."

"하, 하오면……?"

"내게 진심으로 다가오는 귀족이 얼마나 있겠나. 그들은 믿을 수 없어도 돈을 믿을 뿐이다. 간신배들은 대세에 따라 부평초처럼 흔들리지. 정치에서 그런 인간들을 모두 배제하면 몇 남지 않는다."

"……!"

제롬 경은 아무런 말도 하지 못하고 물러났다.

'정말로 지금까지 망나니짓을 하셨던 것은 연기였나?'

본인도 그리 말했고, 갑자기 바뀐 모습을 몇 번이나 보았다.

그럼에도 의심했었다.

긴가민가하던 제롬 단장은 확신할 수 있었다.

3황자는 유유자적하게 황가의 재산이나 축내며 살려 하였으나, 살아남기 위해 그 진면목을 드러내고 있다고.

제도 브론티아.

카온은 출발 6일 만에 브론티아 성벽이 보이는 곳까지 진군할 수 있었다.

인구 100만이 살아가는 대도시답게 그 화려함이 벌써부터 풍겨 나왔다.

곧바로 황궁까지 주파하려 하였으나, 마중 나온 사람이 있었다.

"전하! 먼 원정에 고생 많으셨습니다."

"시종장?"

"폐하께서 보내셨습니다."

시종장 바고르 백작.

흔히 시종장을 비루하기 짝이 없는 출신으로 오해하는 경우가 있지만, 왕의 시종장쯤 되면 귀족이 임명되기 마련이다.

그것도 자리가 없어서 못 들어간다.

황제의 옆이야말로 권력과 가장 가까운 곳이었으며, 한

번 시종장이 되면 종신직으로 틀어박혀 떠나려 하지 않았다.

영지가 있다면 후계자에게 물려주고 황궁으로 올라와 가문을 위해 뼈를 묻는 경우가 대부분인 것이다.

바고르 백작도 마찬가지였다.

영지를 후계자에게 물려준 것이 벌써 10년.

그 시간 동안 황제의 곁에 머물며 장자방 역할을 톡톡히 했다.

'황제가 나를 떠보려는 건가?'

시종장씩이나 되는 인물을 마중 보냈다는 것은 그만큼 황제가 카온에게 거는 기대가 크다는 말과도 같았다.

수도로 들어가자 개선식 비슷한 환영 인파가 이어졌다.

"와아아아!"

브론티아 백성들의 환호성이었다.

카온은 황제의 준비에 혀를 내둘렀다.

"설마 나에 대한 인식이 개판이라 그걸 개선하기 위해 폐하께서 준비하신 선물인가."

"맞습니다. 폐하께서는 전하를 북방 오지로 보내시는 것을 미안해하셨습니다."

"북방 오지라니? 나름 요충지 아닌가. 북방 사령관이면 영전이기도 하고."

"그리 생각해 주시니 다행입니다."

책잡힐 짓을 해서는 안 된다.

우선, 카온에 대한 인식 개선은 황제의 선물이 맞다.

작가 놈이 또 수작을 부려 황제를 조작하였으니, 본인도 그에 대한 미안함 때문에 뭐라도 하나 안겨 주려는 것이었다.

작가의 개입은 불가항력이었으니까.

카온이 탄 마차가 황궁에 가까워지고 있었다.

마지막으로 시종장이 물었다.

이게 본론이기도 했다.

"전하께서 원래 황위에 욕심이 없으셨다고 들었습니다. 하온데, 지금 제대로 경합을 벌이고자 하는 이유가 있습니까?"

"경은 그걸 질문이라고 하나."

"예?"

"형님께서는 정당한 후계자셨고, 너무 뛰어난 황족은 위협이 될 뿐이었다. 2황자는 그걸 아는지 모르는지 오만방자하게 날뛰며 세력을 형성했지. 하지만 상황이 바뀌었다. 나 역시 형님께서 쾌차하신다면 모든 것을 내려놓고 영지에서 나오지 않을 생각이다. 문제는 형님께 변고가 생기셨을 때지. 계승권을 포기하면 나는 죽는다. 나를 따르던 모든 이들과 여동생마저 위험해지니 힘을 쓸 수밖에."

"과연……."

시종장은 열심히 머리를 굴렸다.

황제에게 어떤 식으로 보고해야 할지 생각하는 것이 틀림없었다.

정작 카온의 내심은.

'폼 한 번 잡기 더럽게 힘드네.'

카온이 황궁으로 돌아왔다.

그것도 어마어마한 업적을 달성하고서.

자연스럽게 국무 회의가 결정되었다.

황제의 거동이 아직 불편한 수준은 아니었지만, 장시간 회의가 힘에 부쳐 회의가 시작되어도 짧게 끝나는 경우가 많긴 했다.

그러니 빠르게 원하는 것을 얻어야 했다.

대소 신료들과 황제까지 등청했다.

카온은 청문회를 받는 사람처럼 어전 앞에 나와 한쪽 무릎을 꿇었다.

황제는 치하를 하기 전에 물었다.

"네 평소 행실을 생각해 봤을 때, 말도 안 되는 전공이었다. 세간이 떠도는 소문대로 지금껏 힘을 숨기고 있었던 것이냐?"

카온은 잠시 주변을 둘러봤다.

모두 의뭉스러운 표정이었다.

지금까지 카온이 나불거렸던 것은 지금 이 순간을 위한 빌드업이었다.

"큰형님께서 제국을 다스리는 것이 좋다고 여겼기 때문입니다."

"지금은?"

"만약의 사태를 준비할 뿐이지요. 사실, 지금도 형님께서 쾌차하시길 바랍니다. 제대로 황태자 업무를 수행하실 때가 온다면 계승권을 아예 포기하려 합니다."

"뭣이!?"

"……!"

장내가 술렁거렸다.

다시 한번 폭탄 발언이었다.

뭔 놈의 황자가 계승권 포기를 이리 쉽게 거론하나 싶지만, 이것만큼 파격적인 행보가 없기 때문이다.

강렬한 충격을 주어 비집고 들어갈 틈을 만든다.

카온은 '형님의 쾌차를 기원한다'라는 말을 입에 달고 살았다.

황제에게까지 그 의지가 들어갈 수 있도록 말이다.

황제가 알았을 정도라면 제신들 모두가 알고 있다는 뜻과 일맥상통한다.

"진심이냐?"

"저는 본래 황실에 분란을 만들지 않기 위해 노력해 왔습니다. 아예 변방으로 쫓겨날 수 있도록 했지요. 작은 땅이나 경작하며 사는 것이 꿈이었습니다."

순간적으로 랭파인 공작의 눈동자가 흔들렸다.

카온 역시 그걸 캐치하였으나 담담한 표정으로 일관할 뿐이었다.

'진심이신가?'

랭파인 공작의 얼굴에 파문이 일었다.

카온은 황태자파 수장에게 그러한 인식을 심어 주었다는 것만으로도 충분하다고 생각했다.

계승권을 이용해 호감을 쌓고 이미지를 쇄신한다.

쿵!

"폐하! 아뢰옵기 황공하오나, 소자가 청이 있사옵니다."

"해 보거라."

황제는 무슨 청원이라도 들어줄 기세였다.

과하지만 않으면 말이다.

카온은 이걸 명분과 결합시켰다.

"샤론을 영지로 데려갔으면 합니다."

"그 아이는 이제 12살이다. 아직 어려서 북방의 추위를 견딜 수 있을 리가 없다."

"샤론이 거절하면 그 아이를 안전한 황궁에 있게 할 것입니다. 하나 어머니께서 돌아가시기 전에 당부한 말을 지키려 합니다."

"2황후가……?"

"어머니께서는 반드시 샤론을 지켜 달라고 유언을 하셨습니다. 또한 어떤 일이 있어도 남매가 떨어지지 말라고 당부하셨지요."

"그게 북방에서 함께 고생하라는 뜻은 아니었을 텐데?"

"샤론에게 물어 사정을 설명하고, 따르지 않겠다면 포기하겠습니다."

"으음."

황제는 속 시원하게 대답할 수가 없었다.

'엘레니아가 그렇게 말했었나? 하지만 굳이 그 오지로…….'

황제 역시 난감했다.

북방이 추운 것은 맞지만, 지극히 위험한 곳이라고 말하는 순간, 3황자를 사지로 몰아넣은 파렴치한이 된다.

반대만 하기에는 명분이 약한 것이다.

추운 지역이라고 황족 여성이 가지 못하게 막으면 앞으로 이어지는 정략결혼에 수많은 오류가 발생하고 만다.

결국 황제는 고개를 끄덕이고 말았다.

"무엇보다 황녀의 의사가 우선이다."

"황명을 받드옵니다!"

카온은 어전에서 물러나며 가슴을 쓸어내렸다.

'뛰어난 연금술사를 잃을 뻔했다.'

북방에서 세력을 쌓기 위해서는 천재 연금술사 샤론의 도움이 필수였다.

그녀를 놓고 간다는 것은 있을 수가 없는 일이다.

어머니를 잃고 이 비정한 황궁에서 남매의 사이는 나쁘지 않았기에 걸어 볼 수 있는 도박이었다.

회의를 마친 후 중앙군 부사령관 집무실.

카온은 2황자 딸랑이 갈레스 후작과 독대했다.

테이블 하나를 놓고 다과가 즐비했지만, 요지는 인수증 한 장이었다.

북방으로 떠나게 될 3천의 병사들과 그 가족들의 명단이었는데, 죄다 퇴역이 예정된 노병이었다.

3기사단에 새롭게 배속될 기사도 20명이나 포함되어 있었지만, 근무 성과가 떨어지거나 은퇴 예정, 혹은 하자가 많은 인간들만 집어넣었다.

갈레스 후작은 웃는 얼굴이었지만, 카온의 심사를 뒤틀기로 작정했는지, 초장부터 매우 민감한 화두를 꺼냈다.

"3황녀 전하는 버론 왕국과 정략이 물밑에서 진행 중에 있습니다. 성인이 되면 돌아오셔야 할 텐데, 굳이 그 먼 곳까지 데려가야 되겠습니까?"

"황명이 떨어졌다. 토를 다는 건가."

"그럴 리가 있겠습니까? 그저 황녀께서 북방에서 고생하시다 큰 병이라도 덜컥 걸리면 어쩌나 싶은 것이지요."

"신경 끄도록. 내 동생은 내가 알아서 한다."

"까칠하시군요. 여기 인수증입니다. 사인하시고 데려가시면 됩니다. 정예병 3천과 그 가족들을 합해 1만 5천 정도가 됩니다."

"나이를 보면 죄다 30대 이상에 50대가 다수군. 50대는 퇴역해야 하지 않나?"

이 시대의 기준으로 보면 20대 후반만 되어도 중년이었다.

기대 수명이 50세였기에 중늙은이들도 포함되어 있다는 뜻이 된다.

현대 사회에서나 50대가 한창이었지, 시대상을 반영하면 도저히 병사로 써먹긴 못한다.

"폐하께서 승인하셨습니다."

"이걸……?"

"예."

카온은 입맛이 썼다.

추가 병력이 없는 것보다는 낫지만, 퇴역을 앞두고 있는 병사들이라면 크게 힘을 쓰지 못할 것은 당연했기 때문이다.

하지만 큰 그림을 생각해 보면 노병도 나쁘지 않다는 판단이 들었다.

'노병은 산전수전을 다 겪었다. 북방군의 평균 나이가 20대 초중반이라고 하지. 몇 년 버티지 못하고 죽는다는 뜻. 노병들로 하여금 이들을 훈련해 사망률을 낮출 수 있다면 매년 병력이 늘어날 것이다.'

제국에서 큰 죄를 짓는 죄인들에게는 두 가지 선택지가 주어진다.

사형을 당하거나, 북방군으로 종군하거나.

막상 사형 선고를 받은 죄인들은 기회를 찾아 자진 입대한다.

그러나 입대자들은 혹독한 환경에 노출되어 사망률이 높았기에, 해마다 정해진 숫자를 채워 북방으로 증원하는 것을 원칙으로 했다.

북방군에는 노병이 거의 없었으므로 훈련 교관도 변변치 않았다.

관점을 바꾸니 기회로 보였다.

마음 편하게 인수증을 확인하던 카온의 눈동자가 커졌다.

"전 세대 마스터 체스터 경이 여기 왜 있나?"

"최근에 명령 불복종으로 사형이 언도되었으나 자진해서 북방행을 택했습니다. 퇴물이긴 해도 쓸모가 많을 겁니다."

갈레스 후작이 다소 비릿한 미소를 머금었다.

어디 이 쓰레기 같은 종자들을 데리고 북방 오지로 넘어가 잘해 보라는 의미였다.

카온의 생각은 달랐지만.

'득템인데?'

체스터 경은 마나 홀이 파괴되며 하급 기사로 밀려났지만, 고칠 수만 있다면 재기할 수 있었다.

지금껏 누구도 마나 홀을 복원할 수 있는 방법을 알지 못했지만, 카온은 알고 있었다.

북방으로 향하게 되면 재료부터 시작해 전문가(?)까지 원스톱으로 구할 수 있는 것이다.

마스터 호칭을 달고 있던 기사가 품에 들어왔으니 이만하면 짬처리가 아니라 큰 도움이 될 것이다.

스스슥.

카온은 체스터 경의 이름을 확인하는 순간, 망설임 없이 사인했다.

이 명단도 작가의 농간일까?

확인하려면 실전을 겪어 보는 수밖에 없다.

이 역시 작가의 개입이라면, 카온이 반대급부로 강해질 것이니, 일석이조라 장담할 수 있었다.

저녁 무렵에는 사렐과 만났다.

이 자리에는 황제까지 함께하고 있었다.

귀족들마저 공증인으로 참여하는 바람에 갑자기 3황녀 궁이 북적거렸다.

3황녀 샤론.

카온과 동복 남매이며, 그렇다 할 세력도 없이 매일 형제자매들에게 무시 받고 살아 보니 궁 밖으로는 잘 나가지 않게 되었다.

스트레스가 쌓이고 PTSD까지 올 무렵에는 연금술에 매진했다.

그런 이유로 3황녀 궁 안에는 여러 연금술 관련 물건들이 가득 쌓여 있었다.

12살이지만 8~9세 정도로 보이는 작은 체구.

사람들이 한가득 다가오자 카온에게 쪼르르 달려와 숨었다.

'꽤 영악한 캐릭터인데, 애처럼 행동하네? 연기인가?'

그렇다면 맞춰 준다.

"폐하, 무례를 용서하소서. 3황녀가 낯을 많이 가립니다."

"허허, 짐이 좀 등한시하기는 했지."

"……"

등한시한 정도가 아니라 3황녀를 저주의 덩어리로 알았다.

황제답지 않게 사랑하는 2황후가 죽은 것을 샤론의 탓으로 돌렸던 것이다.

황제라도 3황녀를 잘 챙기고 보호했다면 애가 이렇게 되지는 않았을 텐데, 지금까지 한 번도 찾은 적이 없었다.

카온은 샤론과 함께 부복했다.

이 와중에 여동생은 오빠의 손을 꼭 붙잡은 채였다.

연기인지, 진심인지 좀 헷갈릴 정도였다.

[우리 남매를 이렇게 만든 황가의 인간들은 싹 죽여야 한다!]

원작에서 3황자가 샤론에게 직접 했던 말이다.

워낙 세력도 한미하고 능력도 없었던지라 실천되지는 않았지만, 평소에 울분이 많이 쌓여 있었다는 반증이었다.

원작에서 샤론은 그 말에 어찌 반응했을까?

[오라버니가 그렇게 말하면 저도 따를게요.]

유일한 동복 남매이자 의지할 수 있는 사람.

그런 설정이었기에 샤론이 오빠와 떨어지지 않으려 하는 것은 진심일 것이다.

"네 오빠는 저 추운 지역으로 간단다."

"그, 그건 안 돼요!"

갑자기 샤론이 울음을 터뜨렸다.

지켜보던 사람들이 당황해할 정도였다.

이만하면 거의 분리 불안 장애처럼 보였다.

샤론은 카온이 남부에서 반란군을 토벌하는 시간에도 매일 불안해했다고 한다.

그러니 여기서 카온을 놓치면 언제 볼 수 있을지 알 수 없었기에 떨어지지 않으려 했다.

황제가 인자한 웃음을 지으며 물었다.

"네 오라비와 같이 가고 싶으냐?"

"죽어도 함께 죽고 싶어요."

"허허허."

황제를 포함한 귀족들은 난감한 표정을 지었다.

샤론의 의지는 매우 확고했다.

약속한 것이 있었으므로 바로 황명이 떨어졌다.

"내일 출발이니 채비하거라."

"감사합니다, 폐하!"

"그래, 그래."

황제는 힘없이 일어나 자리를 떴다.

아버지라는 작자가 딸을 방치하여 이 꼴이 됐으니, 양심이라는 것이 한 줌이라도 있다면 더 이상 견디지 못하는 것이 인지상정이었다.

모두 사라지자 카온은 샤론을 무릎에 앉혔다.

"우리는 내일 자유를 찾아간다."

"자유요?"

"누구의 간섭도 받지 못한 땅으로. 이곳은 나쁜 연놈들이 득실거렸지."

"맞아요."

샤론의 눈이 반짝였다.

원작에서도 그랬지만, 샤론은 영악한 아이였다.

오빠와 떨어지고 싶어 하지 않는 것도 맞고, PTSD가 와서 두문불출하는 것도 맞다. 하지만 멍청하지는 않다.

머리 쓰는 것은 또래 아이들보다 훨씬 비상했다.

괜히 연금술의 대가라고 표현했을까.

아까는 어린애처럼 행동하는 것이 잡소리가 나오지 않을 거라 확신하여 그리했던 것이다.

실제로 효과는 직방이었고.

"대놓고 무시당하는 삶에서 벗어나 보자. 이 오빠는 앞으로 황제가 되려 한다."

"힘껏 도울게요."

"우리들의 세상을 만들어 보자꾸나."

남매는 의기투합했다.

카온은 샤론을 인재 정도로 생각했었지만, 원래 이 몸의 주인이 남긴 감정 때문인지 애틋한 마음이 들었다.

카온은 2황자의 딸랑이와 독대를 마친 후에는 바로 황태자궁으로 향했다.

 어째 전쟁을 지휘하는 것보다 황궁에서 뒤처리하는 것이 더욱 바빴다.

 그러나 귀찮다는 생각은 전혀 들지 않았다.

 농부가 종자를 얻었으면 파종을 하는 것처럼, 그 역시 땅에 씨앗을 심으려는 것이다.

 이계 기준, 신적인 존재 비슷한 작가가 개입하였으니 황태자는 반드시 죽는다.

 카온을 괴롭히기 위해서는 계승권이 흔들려야만 2황자와의 대립이 성립하기 때문이다.

 황태자가 살아 있다면 굳이 2황자와 다툴 이유가 없기에 작가가 카온을 이 세계에 빠뜨린 것 역시 뻘짓이 되는 것이다.

황태자가 죽는다는 것을 전제로 큰 그림을 그려야 했다.

'황태자 파벌이 내게 호의적이라는 인식을 심는다.'

원작 속에서 3황자가 아무리 망나니로 살았어도 황태자와 크게 사이가 나쁘지는 않았다. 그 망나니가 끝까지 생존했던 이유도 큰형의 보호가 있었기 가능한 일이었다.

물론, 이런다고 황태자 파벌이 감명하여 바로 돌아설 것이라고는 여기지 않았다.

세간에 약간의 인식만 심어 주고, 3황자가 황태자를 진심으로 걱정한다는 모션만 취하면 충분했다.

황태자궁에는 여러 귀족들이 모여 있었다.

그중에는 랭파인 공작도 보였다.

화려한 침실에는 황태자가 삐쩍 마르고 창백한 모습으로 누워 있었다.

카온은 바로 황태자에게 달려가 손을 꽉 쥐었다.

"형님!"

"막내…… 왔느냐?"

막내 황자 카온.

3황자 아래에는 샤론 황녀도 있었지만, 황태자는 항상 카온을 막내라고 불렀다.

남자 형제 중에서는 카온을 마지막으로 태어나지 않았으

니 크게 틀린 말도 아니었다.

어느 집안이든 막내는 각별한 법 아닌가.

그 막내가 눈물까지 철철 흘리며 형의 중병을 슬퍼하면 마음이 움직일 수밖에 없다.

"제발 좀 자리에서 일어나십시오! 무서워 죽겠습니다!"

"허허……. 녀석."

"형님이 아니면 저를 누가 지켜 줍니까? 저는 형님의 재산이나 축내면서 유유자적하게 살아가는 것이 꿈이었습니다."

"아무래도 나는 그른 것 같구나."

"누구 마음에로 죽습니까? 기다리십시오. 북방에는 회생의 비술이 있을지도 모릅니다. 약초를 구해 샤론의 연금술로 약을 만들겠습니다. 제발 1년은 버텨 주셔야 합니다."

카온은 진심을 담아서 말했다.

이게 황태자에게 할 소린가 싶을 정도로 투박하였으나, 누가 보아도 막냇동생이 형을 구하기 위해 대단한 각오를 하는 것처럼 보였다.

연기였지만, 연기가 아닌 진심이었다.

목숨이 위협받는 상황만 아니라면 골 아프게 황제가 될 필요는 없으니까.

유유자적하게 이계를 탐험하며 여행이나 하고 싶은 마음도 있었다.

황태자는 고개를 돌려 카온을 바라봤다.

"내, 꼭 기다리고 있으마."

"예, 형님!"

황태자가 잠이 들자, 카온은 자리에서 일어났다.

그러고는 랭파인 공작을 바라봤다.

"지금까지 내가 했던 모든 결심은 진심이다. 황제의 무거운 직무는 형님께서 짊어지셔야 한다. 저 욕심 가득한 2황자에게 황권을 맡겼다가는 제국이 동강날 것이 확실하다."

"……."

실내의 공기가 무거워졌다.

갑자기 바뀐 카온의 모습이 적응되지 않았기 때문이다.

'지금껏 유유자적하게 살고 싶어 본심을 숨기셨던 거군.'

'이런 영민한 모습을 버리고 망나니를 연기하셨다니. 설마 황태자 전하의 황권을 굳건하게 만들기 위해……?'

랭파인 공작마저 이런 생각을 했으니 카온의 정치 공작(?)은 나름 잘 먹혀들어 간 것 같았다.

황태자파 귀족들은 반쯤 정도로 아리송한 모습을 보였지만, 약을 어떻게든 구해 올리겠다는 말에 진심이 느껴졌기에 랭파인 공작은 고개만 숙일 뿐이었다.

"형제간의 우애가 이리도 깊으니 어찌 감사를 드려야 할지 모르겠습니다."

"형님이 돌아가시게 생겼는데, 가만히 있을 동생이 어디에 있나. 반드시 형님을 구하고 나는 시골구석에서 여행이나 하며 살 생각이니, 공작도 어떻게든 형님을 고칠 방도를 알아보도록."

"명을 받듭니다."

카온은 그대로 몸을 돌렸다.

랭파인 공작과 귀족들은 한참 동안 그 뒷모습을 바라보고 있었다.

침상에 누워 있는 황태자.

그는 여전히 정신을 차리지 못했다.

동생을 보기 위해 잠시 깨어났으나 최소한 하루 정도는 기절해 있을 것이다.

황태자파 귀족들은 궁을 나와 가볍게 술자리를 가졌다.

차기 황제의 급작스러운 건강 악화로 그를 따르던 모든 사람들이 매우 난감한 상황에 처했다. 술을 마시지 않고서는 도저히 잠들 수가 없는 것이다.

그들 역시 2황자가 황위에 오르면 모조리 숙청될 것이라는 사실을 모르지 않았다.

이런 상황에서 등장한 3황자.

멍청해 보이기까지 했던 과거를 모조리 청산하고 대공을

세운 후 돌아왔던 것이다.

 말투부터 눈빛까지 모든 것이 바뀌었다.

 "경들은 어떻게 생각하나?"

 랭파인 공작이 다른 귀족들의 생각을 물었다.

 "3황자 전하의 말씀은 진심일 겁니다."

 "어찌하여 그리 생각했나."

 "부친께서 돌아가셨을 때, 제 동생의 표정이 딱 저랬으니까요."

 참모장의 말에 다른 귀족들도 공감하며 고개를 끄덕였다.

 그는 한숨을 내쉰 후에 말을 이었다.

 "황실 재산이나 축내며 유유자적하게 살겠다는 말도 진심일 겁니다. 오직 성인이 될 때까지 기다렸다가 바로 황궁을 나갈 작정이었겠지요. 작은 땅이라도 얻어서 말입니다."

 3황자는 세계를 탐험하는 모험가들의 눈빛을 가졌다.

 용병이나 여행자들의 눈동자 역시 저랬다.

 자유를 갈망하였으며 그것을 위해 지금까지 기다린 것이었으니 그 심계가 상상을 초월한다.

 그들은 3황자의 다른 면모를 보았다.

 물론, 지금 당장 그쪽으로 줄을 대야 한다고 말하지는 않았다.

황태자는 젊었고, 자리를 털고 일어날지도 몰랐기 때문이다.

랭파인 공작도 그런 이야기를 하기에는 시기상조라는 사실을 잘 알았다.

"3황자 전하의 말씀대로 치료 방법을 찾아보세. 그것이 우리가 살아남는 길이야."

브론티아 북문 앞에 3천의 병사들이 도열하고 있었다.

그들은 오만상을 찌푸리고 있었으며, 새로 편입된 기사들 역시 죽으러 간다는 표정이었다.

줄도 맞지 않고, 무기도 각양각색이었다.

군복은 얼마나 오래되었는지 여기저기 기운 것이 딱 오합지졸이었다.

미첼 경이 그 모습을 보더니 화를 냈다.

"이런 개 같은 놈을 봤나! 정말 너무한 것 아닙니까?"

"조용히 해라. 병사들 듣는다."

"이건 아니지 않습니까? 그 위험한 오지로 가는데 오합지졸을 데리고 무슨 일을 한다는 말입니까?"

"교관으로 쓰면 된다."

"하……. 아무리 그래도 그렇지."

카온은 불만이 새어 나오는 기사들의 입을 닥치게 했다.

다들 퇴역병의 진가를 알아차리지 못하고 있었다.

군에서 20년 동안 복무한 자들의 경험이 과연 얕을까?

온갖 전쟁터를 다 떠돌아다녔을 것이다.

퇴역을 앞둔 기사도 마찬가지다.

몸은 늙었어도 경험만큼은 어디로 없어지는 것이 아니다.

'이전 세대 마스터인 체스터 경이 온 것만 해도 모든 불합리한 조건을 상쇄하고도 남는다.'

체스터 경이 북방으로 보내진 것에는 정치적인 이유도 포함되어 있을 것이다.

카온의 입장에서는 노다지를 발견한 기분이었지만.

병사 3천과 그 가족까지 합하면 총 1만 5천의 인원이었다.

부사령관도 손톱만큼의 양심은 있었는지 튼튼한 말 3천 마리와 노새 2천 마리를 내려 준 것에 대해 따지지 않았다.

최소한 북방까지 걸어가는 참사는 없을 것이다.

카온은 강제로 떠나게 된 병사들을 채근하지 않았다.

북방 오지로 끌려가는데 군기까지 들먹이면 통제하는데 큰 애를 먹을 것이 틀림없었기 때문이다.

"이제 떠나십니까."

"바이스 경."

"공적인 업무로 나왔습니다. 최대한 많이 챙겨 드리려 했는데, 미흡한 점은 없으신지요?"

"신경을 써 주신 덕분에 괜찮습니다."

"허허허, 다행이군요."

큰외할아버지 바이스 후작.

공적인 업무라고 말했지만, 당연히 사적인 일로 왔을 것이다.

보급 정도는 아랫사람들을 시켜도 충분했으니까.

카온은 잠시 기사들과 떨어져 바이스 후작과 걸었다.

"늦게 오셨군요. 어젯밤에 찾아오실 거라 생각했는데요."

"가문의 생사가 걸린 일 아니겠습니까. 결정하는데 시간이 좀 걸렸습니다."

"큰할아버지께서는 항상 가문을 생각하신 분이었지요."

"……."

카온 나름대로 비꼰 것이었지만, 정치계에서 수십 년 굴러먹은 바이스 후작에게 이 정도는 아무런 타격도 아니었다.

"아직 전하께서 세력을 드러내실 정도는 아니니, 저도 물밑에서 작업을 하고 있겠습니다. 북방군을 완전히 손에 넣으시고 중립 귀족을 여럿 끌어들이실 수 있다면 모든 지원을 아끼지 않겠습니다."

"조건부입니까?"

"예."

나쁘지 않다.

어차피 북방군을 손에 넣지 못하면 미래를 도모하지 못한다.

군사력을 쥐는 것을 넘어 강병을 더욱 육성해야 한다.

세력뿐만이 아니라 경제력마저 갖추고 도전해야 여러 귀족을 납득시킬 수 있다.

바이스 후작이 피도 눈물도 없는 조건을 건 것 같았지만, 이 시대 귀족들의 특성이 원래 그랬다.

가문을 위해서라면 목숨을 걸 수 있는 사람이 대부분이었다.

황실도 크게 보면 가문이었으며, 가문이 잘 되어야 개인도 행복해질 수 있다는 믿음이 깔려 있는 것이다.

'그러니 자신의 조카까지 희생시키면서 권신이 된 것이겠지.'

어쨌든 장족의 발전이었다.

예전의 후작이었다면 3황자를 쓰레기 보듯 했을 테니까.

"좋습니다. 그 대가로 가문의 영광을 약속드리지요."

"그거면 충분합니다."

바이스 후작은 고개를 깊게 숙이고 물러났다.

진군이 시작되자 카온은 이제야 긴장이 풀리는 것을 느꼈다.

'중앙 정치는 잠시 신경 끄자.'

"이거 원, 피난민 행렬이 따로 없습니다."
"그래도 잘 챙겨라. 우리 백성들이 될 테니."
"예, 전하."
기사들의 불만도 이해는 한다.
카온처럼 속속들이 원작 내용을 파악하지 않고서야 북방으로 유배 가는 심정일 테니까.
우려와 다르게 이동하는 속도는 빨랐다.
오합지졸을 고른 것은 부사령관이겠지만, 보급은 바이스 후작이 했다.
조카 손녀이자 장차 자신이 줄을 대야 할지도 모르는 황자 일행의 보급을 어설프게 하지는 않았다.
말은 튼튼했으며 노새도 젊었다.
먹을 것까지 넉넉하게 싸 주었으니 중도에 낙오하는 사람은 없을 것이다.
저녁이 되자 마차를 빙 둘러 방벽을 형성한 후 야영지를 꾸렸다.
수도 가까운 곳에 습격이 있을 것 같지는 않지만, 혹시 모르는 일이었기 때문이다.
식사를 마치고 밤이 깊어지자 카온은 술동이 하나를 챙겼다.
행렬 중에서 가장 가치가 높은 자.
전 세대 마스터 체스터 경에게 충성을 받아 낼 수만 있다면, 그에게 검술을 전수할 수 있는 것은 물론, 강력한 기사단을 양성할 수 있다.

카온은 그를 어떻게 설득해야 할지 잘 알고 있었다.

하늘에 걸려 있는 두 개의 달.

그 아래 야영지가 드넓게 펼쳐져 있었다.

오지로 끌려가게 된 퇴역병들은 기력이 떨어져 가고 있었지만, 노지에서 어떻게 생존해야 하는지 잘 알았다.

어설프게 보여도 마차가 이중으로 벽을 치고 있었으며, 그 위에 경비를 세워 두었다.

알아서 불침번을 서며 근무를 하되, 그 인원은 많지 않았다.

먼 길이 될 것이었으므로 무리하게 근무를 서면 체력에 문제가 생기기 때문이다.

이곳이 수도에서 얼마 떨어지지 않은 곳이었기에 치안이 비교적 안정되었다는 이유도 있었다.

이전 세대 마스터 칭호를 받았던 체스터 필테인 경은 싸구려 럼주를 마시며 신세를 한탄했다.

"결국 북방 행인가."

잘나가던 가문의 몰살.

그 자신도 폐기 처분이나 다름없게 되어 말단 기사로 복무했으며, 퇴역할 때가 되자 자연스럽게 숙청됐다.

어쩌면 예정된 결말이었는지도 모른다.

체스터 경은 인생을 포기했다.

술독에 빠져 살다가 죽으면 그뿐이라 여기는 것이다.

"그렇게 마셔서 사람이 죽겠나?"

"전하를 뵙습니다."

웬 술동이를 척 내려놓는 3황자.

딱히 황가에 대한 충성심이 없는 체스터 경은 고개만 까딱거렸다.

"저 인간이! 전하! 예의조차 모르는 이 퇴물의 목을 베어 본보기로 삼아야 합니다!"

3황자의 부관인 미첼 경이 길길이 날뛰었다.

체스터 경은 피식 웃었다.

차라리 잘된 일이다.

어차피 가문조차 남아 있지 않았는데 괜히 추운 곳에서 고생하느니 여기서 목이 잘리는 것이 나을 수도 있었다.

털썩.

하지만 3황자의 반응은 예상을 초월한 것이었다.

용병과 다름없이 바닥에 주저앉더니 사발로 술을 퍼마시기 시작한 것이다.

"경은 뭐 하나? 안 마셔? 술독에 빠져 죽는 것이 소원인 것 같은데."

"허허허, 죽기 전에 전하께서 내려 주시는 술을 마시고 죽는다면 그보다 좋은 죽음이 어디 있겠습니까?"

3황자는 시끄러운 기사들을 물리게 했다.

카온 폰 마이어스.

제국의 3황자이며, 망나니로 소문이 났던 자.

황태자가 쓰러지기 전까지는 온갖 행패를 다 부리고 다녔으나, 갑자기 각성해 대공을 세우고 북방 사령관으로 영전했다.

체스터는 인생을 포기하며 살았지만, 그로선 작은 호기심 정도는 갖고 있었다.

'3황자도 불쌍한 인생이지. 성인이 되기 1년을 앞두고 황태자가 쓰러지다니. 촌구석에서 유유자적 살아가려 했던 모양인데 괜히 인생 꼬인 인간이다.'

정당한 후계자가 부재하니 황제는 어쩔 수 없이 두 황자의 능력을 시험하여 차기 황제를 결정할 것이다.

하지만 그게 쉬울까?

3황자는 황제가 될 생각조차 없었기에 세력을 형성하지

않은 것이 치명타로 다가오고 있었다.

그러니 정쟁에 밀려 오지로 부임하게 된 것이다.

"경이 이렇게 된 것은 갈레스 후작 때문이지. 치밀하게 계산된 덫에 걸려 반역에 연루되지 않았나. 덕분에 가문은 박살아 나고 경은 마력을 잃고 말았다. 추후 그것이 오해라는 것이 밝혀져 신분이 복원되었으나, 이미 경은 살아갈 이유를 잃었을 것이야. 복수? 그것도 힘이 있어야 하지."

"……지금 저를 조롱하시는 겁니까?"

체스터는 눈에 살기를 드러냈다.

어차피 인생 막장이니 눈에 뵈는 것이 없었기 때문이다.

3황자는 체스터의 반응에 피식 웃었다.

"설마 내가 경을 조롱하기 위해 일부러 그런 말을 꺼냈겠나. 경은 내가 그리 한가해 보이나?"

체스터는 입을 다물었다.

이렇게 말하는 3황자의 저의를 알 수 없었다.

"약 15년 전에 중립 귀족인 아인시드 후작이 반역을 일으킬 것이라는 풍문이 돌았다. 후작과 친하게 지내던 경은 극심한 타격을 받았음이야. 이 모든 일을 주도한 갈레스 후작은 영전하여 부사령관이 되었으나 모든 것이 오해라고 밝혀진 후에도 그 직위는 반납하지 않고 있다. 자네는 이 꼴을 보고 잠이 오나?"

"그럼 대체 어쩌라는 겁니까!? 몰래 암살을 할까도 생각했으나 제게는 수많은 감시가 붙어 있었습니다. 모든 것을 포기하고 술독에 빠져 사는 것도 그저 죽을 날을 기다리기 위함입니다."

체스터는 진심으로 분노했다.

그의 주절거림을 가만히 듣고 있던 3황자가 담담하게 말했다.

"복수하게 해 주지. 어차피 나와 2황자 중 하나는 죽어야 한다. 때가 되면 2황자 세력도 숙청을 할 것인즉, 갈레스 후작을 비롯한 그 가문을 멸하는 칼로 경을 쓰도록 하겠다."

"……!"

체스터의 눈빛이 사뭇 흔들렸다.

3황자의 말은 지금 들으면 궤변이었다.

세력은 쥐뿔도 없고 북방으로 쫓겨나는 주제에 황권을 논한다?

누가 보아도 불가능한 일이었다.

'하지만 이 눈빛은, 망나니의 것이 결코 아니다.'

체스터는 3황자에게 강렬한 열망을 느낄 수 있었다.

다른 것은 몰라도 황위에 오르겠다는 것만큼은 진심일 터였다.

그러자 그의 태도가 조금은 공손해졌다.

"하오나 제게는 힘이 없습니다."

"그 힘, 되찾으면 되는 것 아닌가?"

"마나 홀이 파괴된 이상 복원하는 것은 불가능······."

"가능하다면?"

"예?"

"누구도 알지 못하는 비술이 있다. 물론 재료를 구하는 것도 쉽지 않고, 복잡하기 짝이 없지. 그러나 확실한 것은 마나 홀의 복원이 불가능한 일은 아니라는 사실이다. 모든 것은 경의 의지에 달렸을 뿐."

복수할 수 있는 방법이 있다고?

이전의 경지까지 되찾을 수 있다니!

당연히 속고 있는 기분이었다.

"선택은 경의 몫이다. 어차피 손해 볼 것도 없지 않나."

'달리 생각해 보면 3황자씩이나 되는 사람이 나 같은 폐인을 상대로 거짓말을 할 이유가 어디에도 없다. 내 쓸모는 경지를 되찾았을 때 드러나는 것. 황녀 전하께서 연금술에만 빠져 사셨다는데, 그곳에 답이 있나?'

3황자는 북방에서 필요한 재료를 모을 것이라고 말했다.

그 과정이 매우 지난할 것이라고.

의심쩍은 부분도 많았고 실낱같은 가능성 하나 믿고 가는 것이지만, 지금까지 그에게는 그런 일말의 가능성조차 없었다.

'그래. 밑져야 본전이다.'

쿵!

체스터는 그대로 무릎을 꿇고 바닥에 머리를 박았다.
깨진 이마에서 피가 흘렀다.
"이 순간부터 제 목숨은 전하의 것입니다."
"잘해 보자고. 구체적인 계획은 시간이 날 때 밝히겠다. 그러니 당장 내일부터 술을 끊고 육체를 단련하라. 경이라면 잘 알겠지. 육체가 선행되지 않으면 마력이 무용지물이라는 것을."
"하오면 지금부터 바로……."
"어허, 그건 아니지. 오늘 같은 날은 마셔야지 않나?"

덜그럭. 덜그럭.
카온은 쨍한 햇볕이 들어오자 눈을 떴다.
"아이고, 머리야."
"물 드세요."
"고맙다."
카온은 샤론이 내미는 물을 벌컥벌컥 들이켰다.
한국의 나이로 치면 고작 중학생이었기 때문인지 조금만 시간이 흐르니 울렁거렸던 속이 진정되었다.
"별일 없었지?"
"네, 이제 수도를 벗어나서 그랑칸 후작령에 접어들었어요."
"앞으로 보름 정도는 문제없겠네."

촤륵.

샤론은 이 와중에도 책을 들여다보고 있었다.

연금술과 관련된 책이다.

황제에게 허락을 받아 북방으로 떠나기 전에 황궁 도서관의 고급 서적을 털어 왔다.

제한에 걸리지 않을 만큼 아슬아슬한 수준에서 연금술과 약초에 관련된 서적을 가져왔던 것이다.

여행 내내 샤론은 심심해 보이지 않았다.

카온은 실내와 연결된 사다리로 마차 지붕에 올라왔다.

느리지도, 빠르지도 않은 속도로 이동하고 있는 행렬이 보였다.

대부분의 병사들은 마차나 수레에 타고 있었다.

주변을 경계할 때에도 마차 지붕에서 사방을 경계하는 중이다.

200명 정도의 기병을 운용해 주변을 호위하고 있었지만, 수도권에서는 이마저도 불필요한 일이긴 했다.

체스터 경도 보였다.

어제까지만 해도 마차에서 술이나 퍼마시고 있던 그였으나 살아갈 이유를 얻었더니, 단숨에 사람이 바뀌었다.

샤론의 말을 들어 보니 아침 일찍 일어나 가볍게 운동을 하고 검술을 수련했다고 한다.

당연히 기사들이 모여 함께 검을 잡았다.

"선순환이지."

체스터 경이 버림 패로 사용되었던 것은 그가 인생 자체를 포기했기 때문이었다.

신분은 복원됐다지만 이전 세대 마스터라는 이름값은 남아 있었으니 갈레스 후작 입장에서는 하루라도 빨리 정리하고 싶었을 것이다.

황궁에 있어 봤자 찜찜하기만 하고, 어차피 죽을 놈이었으니 북방에 던져 주며 숙청 비슷하게 해 버렸다.

그 모든 일을 겪었던 체스터 경이었으나 하루아침에 사람이 달라졌다.

다시 검을 잡고 수련을 시작하니 주변 기사들에게 선한 영향력을 미치기 시작했던 것이다.

마력은 잃었어도 검술은 어디 가는 것이 아니다.

'나도 매일 아침저녁으로 참여해야겠지.'

작가가 농간을 일으킨 반대급부로 기초 검술 정도는 각인되어 있었지만 심화 과정을 밟기 위해서는 전문가의 지도가 필요하다.

체스터 경과 수련을 하다 보면 많은 도움이 될 것이다.

"흐아아암."

카온은 마차에서 내려가려 했지만, 몸이 거부하는 느낌이었다.

선천적으로 게을렀던 몸인지라 바쁘게 행동하려면 본능

적으로 혐오감 비슷한 감정이 올라왔다.

이런 본능은 뜯어고쳐야 한다.

잠시 쉬는 시간.

점심도 먹어야 하고 말이나 노새도 쉬어야 다시 이동할 수 있었다.

진형을 갖추어 쉬는데 갑자기 심장이 뛰었다.

두근!

"컥!"

"전하! 괜찮으십니까?"

"왜 그러세요?"

사지가 굳더니 빽빽하게 근육이 들어차는 느낌이 들었다.

갑자기 몸이 단단해지고 있었다.

몸 깊은 곳에서 마력이 폭발할 것처럼 쌓였다.

그야말로 순식간에 일어난 일이다.

정상적인 현상이 아니었다.

강해진 것을 실감하면서도 이게 무슨 이유 때문인지 짐작할 수 있었다.

"뭔가 온다."

"예?"

미첼 경은 그게 뭔 개소리냐는 눈으로 카온을 바라봤다.

행렬은 아직 수도권을 아직 벗어나지 않았다.

도적 떼나 몬스터 웨이브가 오기에는 치안이 너무 안정되어 있다는 뜻이다.

변방으로 올라가게 된다면 그 말을 믿을 수도 있지만, 지금은 말이 안 된다.

하지만 카온은 확신했다.

"한 시간 정도. 그 안에 위기가 온다."

"주군, 아무리 그래도 그건 아니지 않아요?"

퍼억!

"켁!"

카온은 미첼의 머리통을 후려쳤다.

지금은 진위 여부를 따질 때가 아니었다.

작가 놈이 또 농간을 부린 것이 확실한 이상, 무슨 일이 발생할 징조라는 것은 분명했다.

이 허허벌판에서 카온을 위협할 수 있는 일이 뭘까?

기껏해야 도적이나 몬스터 정도로 한정할 수 있었다.

갑자기 도적이 나타나게 하는 것은 아무리 작가라도 무리였기에 몬스터 웨이브일 가능성이 높았다.

"삽을 들어라! 함정을 파고 마차를 재배치한다! 미첼 경은 척후대를 보내고, 나머지는 작업에 들어가도록! 몬스터 웨이브가 온다!"

카온이 난리를 치자 우선 기사들은 눈살을 찌푸리면서도 명령에 따랐다.

병사들도 이게 뭔 짓인가 싶었지만, 황족이 명령을 들먹인 이상 따를 수밖에 없었다.

5천 명에 가까운 인원이 삽질을 하니 금방 해자 비슷한 구덩이가 생겼다.

멀리서 미첼 경이 헐레벌떡 정찰을 마치고 달려왔다.

"주군! 오우거와 트롤 무리 천 마리 정도가 접근 중입니다! 대략 30분 정도면 올 것 같습니다!"

"……!"

웅성웅성!

삽질에 동원된 병사와 장정들이 기겁하며 더욱 빠르게 삽질을 해 댔다.

카온이 아니었다면 여기서 전부 뼈를 묻어야 했을 것이다.

미첼 경은 식은땀을 흘리며 카온의 곁에 섰다.

"주, 주군. 정말 큰일이 날 뻔했습니다. 도대체 이게 무슨 일일까요?"

"그건 모르지. 하지만 하나는 확실하다. 돈다발이 내리는 거야."

"돈다발이요?"

"가는 길에 여비 좀 하라고 하늘이 기회를 주는 거지."

수도 가까운 곳에, 그것도 후작령에서 대규모 몬스터 무리가 제국 황자이자 북방 사령관을 습격했다?

후작은 결코 책임을 피해 갈 수 없다.

돈을 왕창 뜯어내도 할 말이 없는 대참사인 것이다.

카온은 하늘을 바라보며 씩 웃었다.

"작가 놈아! 선물은 잘 받겠다!"

인간은 생명의 위협을 느낄 때, 기적을 발휘하기 마련이다.

북방으로 향하는 행렬에는 노병만 포함되어 있는 것이 아니다.

노병의 가족들도 함께하고 있었으며, 그 안에는 쓸 만한 장정도 꽤 있었다.

젊은 남자들은 하나같이 삽을 들고 미친 듯이 땅을 팠으며, 노인과 여자들은 그렇게 판 흙을 함정 바로 앞에 쌓아 제방을 만들었다.

드드드드드!

그 와중에 멀리서 먼지구름이 일어나는 것이 보였다.

땅바닥의 흙이 들썩거리는 것을 보니 단순한 몬스터는 분명 아니었다.

카온은 마차 위에서 침착하게 지시를 내렸다.

"아직 15분이 남았다. 여분의 창대를 박도록!"

"빨리빨리 움직여라! 전하의 명령이다!"

목청 좋은 기사단장 제롬 경이 고래고래 소리를 질러 댔다.

백성들은 마차 안쪽으로 넘어가 벌벌 떨었지만, 노병은 달랐다.

상당한 압박이 있을 것임에도 침착하게 창대를 박고 있는 것이다.

그들은 노기사들과도 합이 잘 맞았다.

오랜 경험으로 인해, 어떤 식으로 창대를 박아야 최대한 효율을 낼 수 있는지 계산했고, 그 명령을 받은 병사들은 땅바닥에 어떻게 하면 창을 잘 고정시킬 수 있는지 알았다.

"꾸에에엑!"

"크르르륵!"

지척에서 괴성이 들려오기 시작했다.

거대한 덩치와 질긴 가죽을 가진 오우거.

덩치는 오우거보다 떨어지지만, 그 피를 포션의 재료로 사용할 만큼 회복력이 빠른 트롤.

상위 포식자로 한 마리를 상대하려면 병사 4~5명은 조를 이루어야 한다.

그런 괴물들이 천 마리나 되었으니, 방벽과 함정이 아니라면 목숨을 걸고 싸워도 밀릴 것이 분명했다.

그러나 눈앞에 작은 요새가 설치되었다.

제방에 창을 또 박아서 적이 함부로 돌격할 수 없게 하였으며, 거길 넘으면 미끄러지듯 함정으로 떨어질 것이다.

"어……? 생각보다 괜찮은 것 같은데요?"

퇴역을 앞둔 병력을 받았다며 매일 신세 한탄이나 하던 미첼 경의 눈이 살짝 튀어나오려 했다.

 삽질은 시원치 않게 하였지만, 전체적인 움직임이 굉장히 유기적이라 상부에서 따로 명령을 할 필요가 없을 정도였기 때문이다.

 "2황자 딸랑이가 실수한 거지."

 시간이 흘러 적들은 코앞까지 다가왔다.

 그제야 병사들은 각자 할 일은 마치고 마차 위에 자리 잡았다.

 최전방에서 전 세대 마스터 체스터 경이 검을 뽑아들고 외쳤다.

 "화살을 장전하라! 오우거는 관절, 트롤은 머리를 노려야 한다! 쏴라!"

 핑핑핑핑!

 병사들이 쏜 화살이 날아갔다.

 오랜 시간 군에서 복무를 하다 보면 주 병기를 비롯한 모든 무기를 다룰 수 있다.

 필요하다면 보병이 기병이 되기도 하며, 궁병으로도 활용된다.

 체스터 경은 올해 40대 후반으로, 무려 30년 동안 전쟁터를 돌아다니며 그러한 사실을 잘 알고 있었다.

 퍼버버벅!

움직이는 적이었기에 정확하게 원하는 표적을 맞힐 수는 없었다.

그러나 그중 10% 정도의 화살은 적들의 움직임을 미리 계산하여 예측 샷을 쐈기에 타깃에 명중되기도 했다.

선두가 무너지니 저들끼리 뒤섞여 와르르 뒤엉키기도 했다.

"꾸에에엑!"

그럼에도 몬스터들은 멈추지 않았다.

하나같이 눈깔이 돌아가 있었다.

작가 놈이 개입함에 따라 정신 지배라도 받는 모양인지 동료들을 깔아뭉갠 후 달려드는 것이다.

이 과정에서 적의 20% 정도는 소모됐다.

제방을 넘는 과정에서 다시 상처를 입었으며, 함정까지 쭉 미끄러져 들어가며 자연스럽게 창에 박혔던 것이다.

제방의 표면은 몹시 미끄러웠다.

깊은 곳에서 퍼 올린 젖은 흙으로 마감(?)하여 마찰력을 줄였기 때문이다.

이것도 다 경험에서 우러나오는 행동이었다.

황궁에서만 생활하며 카온을 모셔 왔던 기사들은 그 모습에 혀를 내둘렀다.

야전 지휘관으로 체스터 경을 임명한 이유가 있었던 거다.

적이 제방을 넘어오는 과정에서 적의 숫자가 30% 정도 나 줄었다.

이 와중에도 병사들은 계속해서 화살을 발사하고 있었으므로 살아남은 놈들도 온전한 상태는 아니었다.

"거창!"

체스터 경의 목소리가 퍼지자마자 장창이 내려졌다.

장창병의 역할은 적이 접근하는 것을 견제하는 것이다.

실질적인 공격은 화살로 이루어졌으며 저들끼리 뭉개고 짓밟히는 숫자가 늘어나고 있었다.

쾅!

그때, 마차 바닥이 들썩거렸다.

이런저런 꼼수로 적의 숫자를 최대한 줄였지만, 오우거와 트롤은 그 육중한 힘으로 벽 한곳을 돌파하는데 성공했다.

대기하고 있던 예비대가 투입되었지만, 얼마나 버틸지는 알 수 없었다.

'잘 막기는 하지만, 체력이 부족하지.'

노병의 치명적인 약점.

인간의 노화는 매우 자연스러운 현상이며, 30대에 접어들면서 체력이 꺾인다.

평균 40대로 이루어진 병사들이 젊은 병사들보다 지구력에서 차이가 나는 것은 당연한 일이었다.

"기사단은 나를 따른다!"

"예? 너무 위험합니다!"

"닥치고 따라와!"

팟!

그렇지 않아도 카온의 피가 끓고 있었다.

오우거와 트롤 따위는 단숨에 갈아 버릴 수 있다는 생각이 들었기 때문이다.

작가의 농간으로 발생한 반대급부가 얼마나 큰지 확인도 해 볼 겸, 전쟁터 최전선으로 뛰어들었다.

촤좌좌작!

카온의 검에서 검기가 줄기줄기 뻗어 나갔다.

사선으로 검을 휘두르자 오우거의 몸통이 양단되며 그대로 흘러내렸다.

서걱! 서걱!

기본 검술만으로도 충분했다.

적은 인간이 아닌 짐승 비슷한 몬스터.

타고난 덩치와 힘 때문에 두려운 것이지 기술에 있어서만큼은 인간이 우위였다.

카온의 활약은 과연 눈부셨다.

검기가 번쩍일 때마다 적들이 양단되고 있었다.

"와아아아!"

간신히 버티고 있던 병사들도 힘을 냈다.

카온을 쫓아오던 기사단은 그 뒤를 밟는 것만으로도 힘겨워했다.

'나쁘지 않은데?'

전투는 난전으로 접어들었다.

전략이라는 것은 인간들과의 전투에서나 사용하는 것.

사전에 적을 최대한 줄여 놓았기에 지금부터는 강대강으로 밀어붙이는 수밖에 없었다.

예비대도 모조리 투입된 상태였다.

체스터 펠테인은 지휘를 마치고 전방으로 뛰어들려 했다.

"음?"

그리고 그는 두 눈을 의심했다.

성벽처럼 아군을 둘러싸고 있던 마차 벽 한쪽이 뚫리는 바람에 몬스터들은 그쪽으로 죄다 몰려갔고, 거길 예비대가 막고 있었다.

노병들이라 얼마 버티지 못할 것을 예상하고 체스터 경이 난입해 균형을 잡아 주려 하였는데, 3황자가 끼어들었던 것이다.

다들 기겁하고 있는 가운데, 놀라운 일이 벌어졌다.

서걱! 서걱!

"와아아아!"

검기가 난무했다.

기사의 상징.

마나를 깨우친 자만이 쓸 수 있는 푸른 칼날이 사방으로 넘실거렸다.

체스터 경은 깜짝 놀랐다.

최전선을 3황자가 막아 주고 있는 덕분에 전선이 흔들리지 않고 있는 것이다.

'기본기가 탄탄하게 잡혀 있다. 혼자서 힘을 키우셨다고 하였으니, 검술이 단순하지만 저 정도 기본기를 갖추려면 10년 이상 걸린다.'

이미 3황자는 마나를 깨우쳤다.

중급 기사 이상의 경지를 보이며 사방의 적을 베어 넘기는 것이다.

조금만 더 노력하면 한계를 돌파하는 것도 가능해 보였다.

체스터의 눈이 강렬하게 타올랐다.

'황자 전하께서 마스터에 오르기라도 하신다면 기사들의 추앙을 받게 될 것이다.'

존귀한 황자가 직접 전선에 서는 날이 많지는 않겠으나, 그 상징성만으로도 어마어마한 효과를 불러일으킨다.

기사는 강함을 숭상한다.

복수를 위해 일어난 체스터조차 가슴이 뛸 정도였으니,

다른 기사들은 말할 것도 없었다.

그와 함께하는 황실 기사들조차 눈이 반쯤 뒤집혀 3황자의 뒤를 따르는 중이다.

체스터 경은 검을 뽑아 들며 난전의 한가운데로 뛰어들었다.

'반드시 전하를 마스터의 경지에 올린다!'

전투가 끝났다.

사방으로 시신이 즐비하였으며 피비린내가 짙게 풍겼다.

반으로 갈라진 오우거와 트롤들이 지천에 널려 있었다.

아군 사망자도 수십 정도 발생했으며, 부상자는 그의 몇 배였지만, 천 마리나 되는 대형 몬스터를 상대로 이만하면 피해가 거의 없는 셈이었다.

"와아아아!"

죽다가 살아난 병사들과 백성들은 카온의 이름을 부르짖었다.

카온은 웃음이 튀어나오려는 것을 간신히 참았다.

아무리 피해가 적었어도 사망자가 꽤 되었으므로 마냥 웃으면 그것도 이상한 그림이었기 때문이다.

'퍼포먼스가 중요하다.'

미친 듯이 검을 휘둘렀더니 엄청 피곤했지만, 백성들의 인식을 변화시킬 필요가 있었다.

병사들이 아직 살아서 꿈틀거리는 적들을 처치하고, 사체 분류 작업을 진행하는 동안, 카온은 전사한 자들을 가족의 품으로 돌려보내고 간단하게나마 장례를 치르도록 했다.

사실 노병들이라 집안에는 장정들이 있었으므로 보상은 하지 않아도 되었지만, 현대인 감성을 지닌 카온은 그러지 않았다.

짧게나마 유족들을 찾아가 위로의 말을 전하고 위로금을 내렸다.

"전하, 감사합니다!"

"크흐흑, 저희같이 미천한 자들을 위해⋯⋯."

'이것도 클리셰라면 클리셰다만.'

현대 사회에서는 당연하게 해야 할 일이었으나 이 야만적인 시대에는 그런 것이 없었다.

군인이 죽으면 그냥 운이 없는 것이다.

기사들이 죽었을 때에야 국가에서 상당한 위로금이 나오지만 그뿐이었다.

국가를 위해 명예롭게 전사했는데 그 이상을 바란다?

그것도 욕을 먹는다는 세계관이다.

카온에게 인식의 변화라는 세속적인 목적이 없는 것은 아니었지만, 당연히 해야 할 일을 했다.

"저런 분이 망나니라고 소문이 났었다니. 도대체 어째서?"

"2황자의 계략이었겠지."

백성들은 단순하게 생각했다.

기사들은 카온이 황권에 다가가지 않기 위해 일부러 개짓을 하고 다녔다고 여겼었고.

전후 처리가 대강 끝났다.

노병들은 멀쩡한 몬스터들의 사체는 그대로 둔 채, 트롤의 피를 받아 내는데 집중하고 있었다.

체스터 경이 달려와 보고했다.

"주군! 어마어마한 전과입니다. 이대로 몬스터 사체만 매각해도 북방군의 한 해 예산은 나올 것 같습니다."

"오오오!"

체스터 경의 말에 황실 기사들은 혀를 내둘렀다.

미첼이 체스터에게 물었다.

"체스터 경, 몬스터 사체가 그리 비쌉니까?"

"그야 종류에 따라 다르네. 오우거와 트롤은 강력한 놈들이지만 방어구와 포션의 재료 아닌가. 어디 하나 버릴 것이 없어. 군에서 복무 중에 오우거나 트롤의 사체 하나만 건져도 가게 하나는 차릴 정도지."

"엄청 비싼 것이군요?"

"뭐 그리 당연한 것을 묻나?"

야전 경험이 많지 않은 기사들은 체스터 경의 말에 휘둘릴 수밖에 없었다.

돈다발이 내린다 153

좋은 현상이었다.
체스터 경 정도면 기사 원로로 취급되니까.
짝! 짝!
카온은 이리저리 잡담하는 기사들을 향해 손뼉을 쳤다.
모두의 시선이 집중되었다.
"고작 몬스터 사체를 팔아서 수고비가 나오겠나?"
"예?"
"부수입도 챙겨야지."
"부수입이라고 하시면……."
"쯧, 내 별명이 뭔가? 황가의 망나니 아닌가. 그런 망나니가 그랑칸 후작령에서 습격을 받았다. 그것도 대형 몬스터가 천 마리나 몰려와서 말이야. 과연 가만히 있어야 할까?"
"……!"
"가서 그랑칸 후작을 불러와라!"
"바로 다녀오겠습니다!"
웃음이 저절로 튀어나왔다.
아무리 참으려고 해도 이건 어쩔 수가 없었다.
"하하하! 이거 참, 고마운 일인데?"
콰르르릉!
그때, 마른하늘에 날벼락이 하나 떨어졌다.
작가 놈의 심사가 뒤틀린 것이 확실했다.

그랑칸 후작령.

예부터 그랑칸 가문은 수도의 관문을 지키는 군사 도시에서 그 기능을 해 왔다.

개국 공신에 책록되어 수도를 지켜왔으며, 반란이 일어났을 때에 군을 동원하거나 수도 주변의 치안을 유지하는 임무를 맡았다.

그러나 제국이 확장되면서 수도 근방에서 설치는 몬스터나 도적 떼는 좀처럼 찾아볼 수 없게 되었다.

말을 타면 수도에서 하루 정도 거리에 있었으므로 중앙 귀족과 지방 귀족의 역할을 병행했기에, 제후라기보다는 황실에 더 가까운 인사라 할 수 있었다.

이런 배경 때문에 이슈에 민감하게 반응했다.

지금처럼 말이다.

"지, 지금 뭐라고 하였느냐!?"

"화, 황자 전하께서 스, 습격을 받으셨습니다!"

"어떤 미친놈들이 수도 부근에서 황자를 습격해!?"

"몬스터 무리이며, 오우거와 트롤이 천 마리에 이르렀다고 합니다!"

"허!"

그랑칸 후작은 하늘이 무너지는 기분이었다.

분명히 황실에서 명령을 받기는 했다.

북방 사령관으로 부임한 3황자가 북쪽으로 향하니, 치안에 각별하게 신경을 쓰라는 황명이 있었다.

이 때문에 그랑칸 후작은 어제까지만 해도 병사들을 파견해 영지를 점검했다.

도적 떼나 몬스터가 있을 리는 만무했지만, 혹시나 하는 마음 때문이었다.

작은 고블린이라도 갑자기 튀어나오면 대참사로 이어질 수 있었다.

그런데 뭐?

대형 몬스터 천 마리면 노병으로 구성된 황자 일행 따위는 순식간에 쓸어버릴 수 있는 숫자였다.

"이 문제를 황실 3기사단장이 따지러 왔으며, 3황자께서는 곧바로 주군을 소환하셔서 문책하겠다는 명을 내리셨습니다."

"그, 그게 말이 되느냐? 혹시 위장은 아니냐?"

"……제가 직접 보고 왔습니다. 장례식이 거행되고 있었으며 사방이 피 칠갑이었사옵니다."

"……."

그랑칸 후작의 등에서는 식은땀이 줄줄 흘렀다.

망나니로 소문이 자자한 3황자.

그가 대공을 세우고 복귀했으나 그건 3기사단의 책략이라는 소리가 많았다.

인식의 변화라는 것은 그리 쉽게 일어나는 것이 아니었

기에, 그 망나니가 어떤 식으로 나올지는 상상조차 되지 않았다.

여긴 수도와 가까운 곳이라, 황권이 절대적으로 적용할 수밖에 없다.

잘못하면 반역죄까지 뒤집어쓸 수 있는 중대한 문제였다.

"바로 채비하라!"

이미 일이 터진 이상은 어쩔 수 없었다.

무릎이라도 꿇고 조아리는 수밖에.

카온은 전후 처리를 하느라 한 발자국도 움직이지 못했다.

시신을 수습하고 몬스터 사체를 분류하는 작업만 해도 한참이나 걸렸다.

부상자의 수습까지 하루를 바쁘게 보낸 것이다.

그러나 피곤하다는 생각은 들지 않았다.

정확하게 말하면 몸은 피로하지만 엔도르핀이 마구 솟았기 때문인지 정신은 멀쩡했다.

"죽여주시옵소서!"

카온의 발치에 노귀족이 무릎을 꿇었다.

머리까지 조아리는 것이 정말로 좆됐음을 감지한 것이다.

'당연히 이래야지.'

카온의 입가에서는 희미하게 미소가 새어 나오고 있었다.

자꾸만 입꼬리가 뒤틀리는 것을 필사적으로 참았다.

쾅!

"후작! 실망이다! 차라리 그냥 군대를 파견하지 그랬나? 응? 나를 죽이려면 그편이 빨랐을 텐데?"

"그, 그, 그럴 리가 있습니까? 저는 결코 삿된 마음을 먹지 않았습니다!"

"아, 그래서 대형 몬스터 천 마리나 보내셨어? 모으느라 고생했다. 나는 뒈질 뻔했지만."

"아닙니다! 저는 모르는 일입니다!"

"그럼 황제 폐하께 장계를 바로 보내 볼까?"

카온은 오늘 일어났던 일과 주관적인(?) 견해를 덧붙인 종이를 쥐고 팔랑거렸다.

그랑칸 후작은 황제파에 속한 인물이었지만, 황태자가 쓰러지고 난 이후에는 재빨리 2황자 파벌로 갈아탔다.

카온으로서는 파벌 하나를 날려 버릴 수 있는 기회인데, 그냥 넘어간다는 것은 있을 수가 없었다.

물론, 2황자 파벌이고 황태자 파벌이고 황제의 눈치를 보는 것은 어쩔 수가 없는 일.

황제의 뒤에는 30만 중앙군이 버티고 있었으니까.

수도 근처에 있는 후작은 더욱 불리할 수밖에 없는 구조였다.

'나는 한몫 단단히 챙길 수 있지.'

"말해 봐! 날 왜 죽이려 했어!"

"아닙니다!"

"이 새끼가 진짜! 확 모가지가 잘려 봐야 정신을 차리려나? 응?"

쿵! 쿵!

"살려 주십시오!"

카온은 한바탕 칼춤이라도 출 것처럼 굴었다.

이 모든 것이 연기라는 것을 알고 있던 기사들은 속으로 혀를 내둘렀다.

'지금까지 망나니 연기를 하고 사셨다더니, 진심인지 아닌지 당최 구분이 되지 않는다.'

'전하께서는 황자로 태어나지 않았다면 극단의 배우가 되었겠구나!'

개지랄을 떤 만큼 그랑칸 후작은 벌벌 떨며 정말로 목이 날아갈 수도 있겠다는 생각을 해야만 했다.

털썩.

한창 난리를 치던 카온이 의자에 앉았다.

없는 감정을 만들어 표출하는 것도 쉬운 일은 아니었기 때문이다.

"내 마음에 큰 상처를 입었다."

"제, 제가 어찌하면 되겠습니까?"

"제국에는 피해 보상이라는 개념이 있지. 들어 봤나?"

"예! 재물을 손괴한 자에게는 그것을 보상할 의무가 있습니다."

"재물보다는 내 마음에 상처를 입었어. 이걸 어떻게 보상할래? 응? 아이고, 이게 무거워서 자꾸만 황궁으로 보내고 싶어진다는 말이야."

"히이익!"

후작은 몸을 벌벌 떨었다.

종잇장 하나가 무겁다는 미친 소리였지만, 그게 단순한 무게를 따지는 말이 아니었기 때문이다.

카온은 후작의 목숨줄을 잡고 흔들었다.

실제로 후작이 처벌을 받으려면 황실에서 조사에 착수하여 시시비비를 가리겠지만, 워낙 증거가 넘쳐나는 관계로 그는 2황자 파벌에서도 잘려 나갈 가능성이 높았다.

"아이고, 내 마음이 찢어진다!"

"보, 보상하겠습니다! 50만 골드! 아니, 100만 골드를 위로금으로 드리겠습니다! 그러니 부디 오늘 일은 묻어 주시면 안 되겠습니까?"

"조금은 마음이 치유되는 것 같군. 하지만 아직도 가슴에서 피가 난다."

"150만 골드! 더 이상은 없습니다! 영지의 1년 예산이 넘어가는 비용이옵니다."

후작은 곧 울 것 같은 표정을 지었다.

150만 골드.

웬만한 남작령이나 자작령의 1년 예산이 50만 골드 정도 됐다.

그보다 규모가 몇 배는 큰 후작령은 황실에서 매년 받는 보조금도 있을 것이니, 실제 예산은 150만 골드가 넘을 것이다.

하지만 카온은 관대하게 넘어가기로 했다.

'더 뜯으면 배탈이 날 수도 있지.'

"다행히 사건의 발생지는 허허벌판이고, 후작령 척후대와 기사들만 입조심한다면 황실에 말이 새어 나가는 일은 없을 것이다."

쿵!

후작은 머리를 바닥에 몇 번이나 박았다.

이마에서는 피가 흘렀지만 개의치 않는 모습이었다.

카온이야 원래부터 이럴 작정이었지만, 후작의 입장에서는 천국과 지옥을 오가는 급행열차를 탄 기분일 것이다.

"돈을 받으면 내 입은 영원히 봉해진다. 원하면 계약서도 발급하지."

"가, 감사합니다."

"그건 그렇고. 이걸 전부 매각하려 하는데."
"예?"
"오우거와 트롤 사체 말이다. 북방까지 가지고 올라가다가는 상할 것 아닌가."
"아, 예! 바로 매입을 준비하겠습니다!"
카온은 그랑칸 후작을 알뜰하게 털어먹고 또 귀찮은 몬스터 사체 매각까지 원스톱으로 처리하기로 했다.

행렬은 다음 날에도 움직이지 않았다.
그랑칸 후작이 약속을 지키는지 지켜보기 위해서였다.
북방으로 올라가면 도대체 언제 내려올 수 있을지 기약이 없다. 그러니 약속을 받아 냈다면 이행이 되는지 지켜보아야 하는 것이다.
그랑칸 후작은 아침 일찍부터 직접 병사들을 지휘하며 동분서주했다.
"전하, 총 200만 골드이옵니다."
"200만?"
"아무래도 트롤은 피가 유실된 사체들이 많고, 오우거 역시 반갈죽이 된 녀석들이 대다수라 이 이상으로 매입하면 손해가 막심하여······."
후작은 정말 울 것 같은 표정이었다.
평소 같았으면 카온이 그랑칸 영지를 방문했다고 해도,

별별 핑계를 다 대며 연회조차 베풀지 않으려 했을 것이다.

카온은 3황자였고, 후작은 2황자의 딸랑이였으니까.

그러나 지금은 갑과 을의 관계가 완전히 뒤바뀌었다.

대가를 받으면 어제 있었던 일은 불문에 부치겠다는 계약서를 작성하였지만, 그것이 후작의 손에 들려지지 않았기 때문이다.

'개인 거래에서 선납하는 것만큼 바보 같은 짓이 없지.'

인간의 속성이 그랬다.

거래 대금에 '잔금'이라는 내역이 존재하는 것도 그런 이유다.

돈을 다 받은 인간은 뭐든 대충대충 일 처리를 하기 마련이니까.

"체스터 경!"

"부르셨습니까?"

저 멀리서 휘적휘적 술병을 들고 비틀거리는 체스터 경이 걸어왔다.

연막이었다.

2황자 입장에서 보면 전 세대 마스터인 체스터가 제정신을 차렸다는 것만큼 위험한 일도 없었다.

"병장기 상태는 어떤가?"

"대충 괜찮은 것 같습니다."

"대충 괜찮다니? 경은 그래도 전대 마스터 칭호를 받은 사람 아닌가?"

"하여튼 상태가 나쁘지 않습니다."

후작은 이 상황에도 눈을 흘기는 것이 보였다.

지금이야 잘못하면 반역과 엮이기에 정신이 없을 테지만, 폭풍이 한차례 지나고 나면 의심을 할 것이 뻔했다.

카온 역시 병신 같은 연기를 한 번 더 해 주어야 했다.

"흠, 그래? 경이 괜찮다면 괜찮은 거겠지."

"예, 저는 이만."

체스터는 걸어가며 술을 마시다 엎어지는 만행을 보였다.

후작은 그 모습을 보며 생각했다.

'개판이 따로 없군. 어제 이 난리는 어떻게 막은 거지?'

당연히 거기까지 물어볼 만큼 그랑칸 후작의 간은 크지 않았다.

"병장기와 식량의 가격을 빼고 200만 골드가 남은 것이겠지?"

"예, 예."

"계약서를 명심하는 것이 좋아. 물건에 하자가 있다면 바로 장계가 황실로 넘어간다는 약정이 되어 있으니까."

"무, 물론입니다!"

귀족들은 계약을 중요하게 생각한다.

애초에 귀족제가 계약으로 이루어져 있어서 그렇다.

이런 일을 숨기면 바로 반역자가 되게 생겼는데 속일 이유가 없기도 했고.

카온이 계약서를 내밀자 그랑칸 후작은 드디어 마수에서 벗어났다는 표정으로 도망쳤다.

그랑칸 후작이 병사들을 이끌고 사라지자 지금까지 술에 취한 척 누워 있던 체스터 경이 벌떡 일어나 달려왔다.

"전하, 병장기의 상태는 상품입니다. 식량 역시 모래가 섞여 있거나 묵은 밀은 아니었습니다. 하지만 약간의 아쉬움은 있었습니다."

"어떤 아쉬움 말인가?"

"오우거와 트롤 사체를 매각할 때, 좀 더 뜯을 수 있었을 텐데요. 그랑칸 후작령은 포션 공방과 가죽 공방을 직접 운영하고 있습니다."

"나도 알고 있다."

"깊은 심계가 있으신 겁니까?"

"심계라고 할 것도 없다. 그 정도는 해 주어야 그랑칸 후작이 약간이라도 손해를 덜 봤다는 인식이 생길 것 아닌가. 이만큼도 벌충해 주지 않으면 뒤탈이 난다. 돈은 뜯을 만큼 뜯었으니 됐다."

"과연……!"

"준비가 끝났으면 이동한다!"

"예!"

주머니에 돈이 생기자 기사들의 마음도 넉넉해졌다.
카온도 마찬가지였다.
'이만하면 스타터 패키지를 얻은 것이나 다름없지.'

평화로운 풍경.

들판에서 곡식이 익어 가는 가운데, 별일 없는 순탄한 여정이 이어졌다.

제국 중부를 지나 북부에 이르자 환경이 한 번 변했다.

다소 날씨가 쌀쌀해지기 시작하였으며, 올라갈수록 기온은 급격하게 떨어졌다.

각지에 포진한 영주들은 그를 건들지 않았다.

카온이 얼마나 대단한 망나니인지 소문이 자자했기 때문이다.

한 번 공을 세운 것만으로는 도저히 인식이 변하지 못할 만큼, 이 몸의 과거가 쓰레기였으므로 자칫 똥이라도 밟을까 싶어 귀족들이 회피하는 것이었다.

제국 전체가 몸을 사리며 카온이 지나가기를 무사하게 기원했다는 후문이 들렸다.

 그런 와중에서도 카온은 수련을 멈추지 않았다.

 작가의 개입만 없다면 이대로 북방에 틀어박혀 사는 것도 나쁘지 않지만, 도저히 그러지는 않을 거라고 봤기 때문이다.

 황자가 후방에서 지휘하며 폼만 잡는다?

 일반적인 경우에는 그렇지만, 병력이나 호위만 믿고 수련을 등한시하다 갑자기 비명횡사할 수도 있었다.

 이 때문에 아침저녁으로는 반드시 육체 단련과 검술 수련을 병행했다.

 콰르르릉!

 카온은 체스터 경의 지도에 따라 어떻게 하면 마력을 효율적으로 운용하는지, 기초를 넘어선 펠테인 가문의 검술은 어떤 식으로 펼쳐지는지 철저하게 교육받고 있었다.

 체스터 본인은 마나를 운용할 수 없었으므로 대련 상대는 3기사단이 해 주었다.

 "커억!"

 "끄아아악!"

 카온의 일격을 몇 수 받아 내지 못한 기사들이 꺼꾸러졌다.

 곁에서 지켜보던 체스터 경은 조금이라도 부족한 부분을 잡아내 지도했다.

"여전히 마력의 운용이 부자연스럽습니다. 심장을 순간적으로 쥐어짜는 느낌으로 해 보십시오."

"아니, 체스터 경. 그러면 주군의 심장이 버티겠습니까?"

기사단장 제롬 경이 반박했으나,

"쯧쯧, 경은 주군의 심장이 정상이라 생각하나?"

"예?"

"아직도 모르겠나. 주군의 심장은 드래곤의 축복을 받으셨다."

제롬 경을 비롯한 기사들은 깜짝 놀란 표정을 지었다.

'드래곤의 축복……?'

'그런 심장을 선천적으로 타고난 사람은 몇 명 되지 않는데?'

드래곤의 축복을 받은 자.

말이 그렇다는 것이고, 선천적으로 심장이 매우 튼튼하다는 뜻이다.

마나 홀은 심장을 둘러싸고 있다.

운용을 할 때마다 심장에 무리가 가기 마련이며, 아무리 마력에 대한 감흥도가 좋아도 심장이 튼튼하지 못하면 제대로 검술을 운용하지 못한다.

그런 이유로 마력을 가진 기사들이 미친 듯이 체력 단련에 몰두하는 것이다.

카온은 검을 거두고 웃었다.

"뭐 이런 걸 가지고 이러나."
"주군께서는 알고 계셨습니까?"
"내 심장의 상태를 알고 있었냐고?"
"예."
카온의 말에 기사들이 시선을 집중했다.
중요한 문제였다.
어려서부터 그걸 깨닫고 남몰래 수련을 했냐는 뜻이었으니까.
그는 어깨를 으쓱였다.
"그러지 않았으면 검술 기본기가 잡혔겠나."
"오오오!"
"과연!"
기사들은 충격의 연속이었다.
어려서부터 카온을 모셔 온 미첼 경조차 놀라 자빠질 지경이었다.
"잠까지 줄여 가며 수련을 하셨다는 말씀인데, 저는 정말 몰랐습니다."
"지금이야 경을 믿지만 처음 기사가 되었을 때는 의심해야 하는 것이 당연하지 않았겠나."
"맞습니다. 심계가 굉장히 깊으셨군요."
짝!
카온은 손뼉을 친 후, 기사들의 시선을 다시 모았다.

"아침 수련이 끝났으면 흩어져서 신병을 지도하도록."
"명을 받듭니다!"
기사들은 신병 훈련을 위해 흩어졌다.
카온은 한 달 전, 신병을 모집했다.
별생각 없이 여행하는 마음으로 임지로 향하고 있었지만, 다시 작가 놈의 개입이 느껴졌기 때문이다.
그때는 목책까지 세우고 별의별 짓을 다했지만, 습격은 없었다.
작가가 한심하기는 해도 같은 수를 연속으로 쓰지는 않았던 것이다.
그 이후, 지금까지 한 번도 습격이나 별다른 문제는 일어나지 않았다.
오히려 그게 더 불안했다.
뭔가 위험한 일이 꾸며지고 있는데, 뭔지 알 길이 없으니 나름의 준비를 하기로 했다.
그랑칸 후작에게 받은 돈이 넉넉했으므로 이를 바탕으로 신병을 받아들인 것이다.
지금도 후한 조건에 입대자들이 생기고 있어 모집된 추가 병력만 2천을 헤아렸다.
"그래도 불안한데."
편안해 보이지만 속으로는 피가 마르는 하루하루가 흘러가고 있었다.

신병 훈련장.

훈련장이라고 거창한 것은 아니다.

3황자 일행은 유목민처럼 계속 북쪽으로 올라가고 있었으니, 너른 공터에 자리를 잡으면 끝이다.

신병이 늘어나고 아침저녁으로 빡세게 굴리는 바람에 많은 식량이 소모되었지만, 이미 북방 2년 치의 예산을 확보한 3황자였다.

고작 1만 정도의 백성과 5천 명의 병사를 먹여 살리는 것은 그리 어려운 일이 아니다.

그들은 굳이 도시를 방문하지는 않았지만, 꾸준하게 보급은 이루어졌다.

먹을 것이 부족할 걱정은 없는 것이다.

기사들은 전 세대 마스터인 체스터 경이 훈련시키고, 병사 훈련은 기사단이 했다.

병력을 훈련시키는 방법도 체스터 경이 알려 주고 있었으니, 신병들은 노병과 합쳐져 꽤 높은 시너지를 내고 있었다.

"대단히 훌륭한 방법이었다."

"그건 저도 그리 생각합니다."

제롬의 말에 미첼이 고개를 끄덕였다.

아침저녁으로 2시간씩 군사 훈련을 할 수 있었던 이유는 모두 막강한 자금력 덕분이었다.

지금도 신병으로 입대하겠다는 자들이 매일 늘어나는 중

이다.

3황자의 말대로 더 이상의 입대자들은 늙거나 체력에서 미달되는 '입구 컷'을 당했지만, 그 열정만큼은 기사들도 혀를 내두를 지경이었다.

"전문 군인을 양성하기 위해 작은 집과 땅을 준다니."

"할부라는 개념이 끼어 있기는 했습니다만……."

"그게 그 말 아닌가?"

"그런가요?"

"어쨌든 준다는 거니까."

"……."

제롬과 미첼 경은 군사 전문가이지, 경제 전문가는 아니다.

이 시대에도 할부라는 개념이 없는 것은 아니었지만, 그 안에 여러 가지 복잡한 계산식이 들어간다.

무이자에 가깝게 할부를 때리고 월급의 30% 정도를 미리 뗀 후, 지급한다는 형식이다.

3황자는 군인에게 전문성이 있어야 한다며 월급을 다소 높게 책정했는데, 신병들 입장에서는 공짜로 집과 땅을 내주는 것처럼 보였다.

그러면서도 4인 가족이 살아가기에는 부족함이 없는 금액을 다달이 지급했다.

그러니 결국은 사람이 몰릴 수밖에 없는 구조였다.

[내가 이런 정책을 북방에 도착하기도 전에 시행하는 이유는 희망을 팔기 위해서다.]

[희망을 판다니요?]

[목표가 없이 살아가는 것은 삶을 포기했다는 뜻이다. 그렇다면 강제로 목표를 심어 주어야지.]

희망 하나를 물려주니 병사들은 힘든 줄도 모르게 훈련에 매달렸다.

정신 교육이라며 하루 30분은 무조건 황자에 대한 충성을 강요하고 있었으니, 세뇌 효과도 있었다.

제롬 경은 지금 일어나고 있는 모든 일을 생각하며 말했다.

"정말 답답하셨겠군. 저런 재능을 숨기며 사셨으니."

"차라리 황태자께서 빨리 서거하시는 것이······."

"어허, 입조심하게."

미첼 경은 자신도 모르게 본심이 튀어나왔다.

이러다 황태자가 살아나면 새 되는 것이 아닌가?

3황자가 뛰어난 면모를 보이고 있었으니 황제가 되는 것도 불가능한 일은 아니라고 봤으니까.

두두두두!

기사들이 병사 훈련에 집중하고 있을 때, 척후대가 급하게 달려왔다.

"다, 단장님! 반란입니다!"
"응? 어디서?"
"북방입니다!"
"……!"
뜬금포도 이런 뜬금포가 없다.
반란?
그것도 북방에서 반란이 일어나다니!
소식이 3황자에게 전해지는 즉시, 모든 훈련이 중지되고 기사들이 소집됐다.

아침에 시원하게 땀을 빼고 배부르게 식사를 마친 카온은 갑자기 얹힐 것 같은 소식을 들었다.
"반란!?"
"그, 그렇습니다. 현 북방 사령관 아르칼 자작이 토호들을 모아 반란을 일으켰사옵니다!"
척후들은 하나같이 증언을 했다.
병력이 모이고 있으며, 3황자 타도를 외치면서 들고일어났다고 말이다.
그 말을 들은 카온은 어처구니가 없었다.
"체스터 경, 아르칼 자작과 아카데미 동기라고 했지?"
"예, 주군."
"그놈이 반란을 일으킬 만한 배짱이 있나?"

"제가 알기에는 없습니다. 제법 군사적인 재능은 있지만, 그놈은 전형적인 강약약강의 쓰레기입니다. 아카데미 시절부터 이리 붙었다 저리 붙었다 하는 박쥐 같은 녀석이기도 했고요. 영지민을 쥐어짜고 부하들에게 행패는 부려도 결코 제국에 반기를 들 위인은 아닙니다. 죽는 것이 무서워 중립을 표방하는 귀족이 갑자기 반란이라니요?"

"하! 이거 씨발놈이군?"

"……."

카온이 말하는 씨발놈이란, 작가를 지칭하는 것이었다.

가뜩이나 불안했었다.

한 달 전에 작가가 뭔가 일을 꾸몄음을 확신했다.

반대급부로 카온의 실력이 일취월장하였으니, 알 수 있었다.

시간이 흘러도 아무런 일도 일어나지 않아 뭔가 잘못된 일은 아닌지 내심 생각하고 있었는데, 이런 일을 꾸미고 있었던 것이다.

카온에게 자리를 인계하고 자신의 영지로 떠나야 할 아르칼 자작의 눈이 갑자기 뒤집혀 반란을 일으켰다.

이게 정상일까?

사람이 이해할 수 없는 행동을 할 때에는 그만한 이유가 있는 법이다.

"개 쌍노무 새끼가 이런 짓을 꾸미다니. 나 원, 어처구니가 없어서."

기사들은 카온이 황자답지 않게 쌍욕을 해도 반박하지 않았다.

그들도 속으로는 같은 생각을 하고 있었기 때문이다.

'사이코 새끼 아닌가? 어느 세력에도 붙지 않고 백성들 고혈이나 쥐어짜는 소인배 놈이 갑자기 반란을 일으켜?'

'이 새끼 이거, 정신병 있는 것 아니야?'

어쨌든, 북방군은 2만이나 되었고, 따로 그라칼 백작이 영지에서 끌고 온 병력도 1만은 됐다.

총 3만 대군이 북방에 주둔하고 있는 것이다.

그에 비해 카온의 군대는 5천.

반 이상은 노병이었으니, 정면 대결을 하면 전혀 승산이 없다.

도저히 답이 없었으나 카온은 마음을 진정시켰다.

"도대체 명분이 뭐라던가?"

"망나니의 통치를 받게 되면 북방의 경비가 뚫려 온갖 몬스터들과 이민족이 남하할 것이라고 합니다."

미리 세작을 심어 놓길 잘했다.

내부 상황을 알 수 없었다면 이대로 병력을 이끌고 들어가 몰살당했을 것이다.

제롬 경이 매우 조심스러운 어조로 말했다.

"회군하시죠."

"그랬다가는 웃음거리가 된다."

"방법이 없지 않습니까? 주군께서 남부 지방의 반란을 진압한 것도 기적에 가까운 일이었습니다. 방비를 단단하게 갖추고 있는 북방의 요새를 친다는 것은 자살행위입니다."

제롬 경의 말이 명명백백 옳았다.

어떤 전쟁도 6배의 전력 차이를 극복하기란 쉽지 않다.

게다가 아르칼 자작은 북방의 험준한 요새를 끼고 있었다.

한참을 고민하던 카온은 번뜩이는 아이디어를 하나 생각해 냈다.

"만약 놈을 격파하고 반란에 호응한 토호들을 모조리 처리할 수 있다면?"

카온은 말도 안 되는 소리를 했으나 지금까지 보여 준 실적이 있었다.

그런 사람의 자신감 넘치는 말을 들으면 자연스럽게 기대감을 갖게 되는 것이다.

제롬 경이 답했다.

"불가능하다고 생각이 되나, 그리되면 통치가 수월해지겠죠."

"우리에게 텃새는 없을 거야. 텃샐 부릴 놈은 전부 뒈질 테니까."

그날 저녁.

카온은 부임지에 반란이 일어났다는 말을 듣자마자 더 이상 이동하지 않았다.

임지까지는 일주일 거리.

부근에는 몇 개의 영지가 있었으므로 반군의 간덩이가 아무리 부어도 원정까지 나와 타격하지는 않을 거라 봤던 것이다.

또한 아르칼 자작이 내세운 명분은 제국을 위한 것이었다.

망나니가 부임하면 제국이 위험해진다는 내용이었으니, 스스로 목을 조르는 짓 따위는 하지 않으리라고 봤다.

이에 지휘관들을 소집하고 나름의 방법을 강구했으나 실행에 앞서 한 번 정도는 심사숙고할 필요가 있었다.

"북방군 2만에 아르칼 영지군 1만이라. 정면 대결은 무모한 짓이다."

남쪽에서 일어난 반란군의 절대 다수는 농민이었다.

지금쯤은 변방의 영지군으로 꾸려졌겠지만, 카온이 격파를 하던 시기에는 경비가 매우 허술했다.

그러나 북방의 반군은 나름 변경의 군대다.

밥 먹듯이 전투가 벌어지는 것은 예사이며, 매일 빡세게 훈련한다.

요새까지 갖추고 있는 지역에 정면 승부를 건다는 것은

멍청한 짓이었다.

결국 카온은 잔머리에 꼼수를 동원할 수밖에 없었다.

"내가 물러나면 2황자와 그 딸랑이들은 비웃기 바쁘겠지. 기껏 좋은 관계를 형성한 황태자 파벌도 실망해 완전히 연을 끊을 것이며, 큰외할아버지도 마찬가지다."

결코 쉬운 일이 아니었다.

그러나 성공하면 얻을 것이 많았다.

작가 놈이 카온을 북방으로 보낸 이유는 여러 가지가 있겠으나, 그곳 백성과 병사들이 억세기에 통제가 어렵다는 점이 크게 작용했다.

개고생을 할 것이 뻔했는데 위기를 기회로 전환해 반대 세력을 깡그리 숙청해 버릴 수 있는 기회가 되는 것이다.

카온은 책략을 결심했다.

전투를 꼭 칼로 하라는 법은 없었으니까.

결정을 마친 카온이 체스터 경을 호출했다.

"찾으셨습니까."

늦은 시간임에도 체스터 경은 잠들지 않고 있었다.

모두 마찬가지였다.

임지에 반란이 일어났다는 소식이 백성들의 귀에까지 들어갔기에 심란한 것이 정상이었다.

카온은 평소 농담도 잘했지만 지금은 매우 진중했다.

"경에게 공을 세울 기회가 왔다."

"저야 주군께서 시키시는 일이라면 무엇이든 합니다. 이미 큰 보상이 약속되어 있으므로 더 이상의 포상은 필요가 없음입니다."

"좋아. 계책을 실행하기에 앞서 묻겠다. 아르칼 자작은 대체 어떤 놈인가? 부하와 영지민을 괴롭힌다는 뻔한 이야기 말고."

"주군께서 예상하신 대로 가족은 끔찍하게 생각합니다. 특히 자신의 후계자가 태어났을 때는 파티를 일주일 동안 베풀 정도로 인심이 넉넉했었지요."

"쓰레기 놈이 자식 사랑은 끔찍하다는 건가?"

"정확하게는 가족 중 장남에게 유독 심합니다."

"납치할 수 있겠나?"

"가능할 것 같습니다."

"어째서 그리 생각하나?"

"놈이 아카데미 동기를 초대하여 자랑스럽게 비밀 통로를 공개한 적이 있습니다."

"멍청하군."

"영지가 북방에 치우쳐 있어 제국보다는 외적을 경계해야 하기 때문이지요. 비밀 통로를 공개함으로써 동기들의 신뢰를 사려 한 모양인데, 처참하게 실패했습니다. 비밀 통로가 또 하나 존재한다는 사실이 알려졌기 때문이지요."

"……."

카온은 머리를 긁적였다.

이리저리 재 봐도 도저히 반란을 일으킬 그릇으로는 보이지 않았기 때문이다.

심심하면 부하들을 때려죽이고 시녀의 목숨 알기를 파리로 알고 있는 작자가 반란을 일으키면 병사들이 따를까?

아무리 카온이 망나니로 소문이 났어도 아르칼의 명성(?)도 만만치 않았다.

'작가 놈의 개입만 없었어도 평생 목 날아갈 일은 없었을 텐데, 불행한 인간이군.'

그래도 쓰레기 같은 놈이라니 마음은 좀 편해졌다.

괜히 선량한 귀족의 목을 쳐 내야 했다면 성공한다고 해도 마음이 착잡했을 것이다.

"비밀 통로에 경비는 없겠나?"

"있다고 해도 허술할 것이라고 생각합니다. 설마 전하께서 이런 수를 쓰리라 예상이나 하겠습니까? 북방으로 영지군을 1만이나 끌고 갔다는 것은 최소한의 수비 병력을 제외한 전원을 데려갔다는 뜻입니다. 필연적으로 경비가 허술할 수밖에 없지요."

"그래, 정상적인 범주에서 생각하면 황자가 납치를 실행하지는 않지."

"문제없으리라 생각합니다. 사건은 부각하기 나름이지요."

납치로 발생할 이슈를 반란군 토벌이라는 이슈로 덮어 버린다.

황실 기사들과 다르게 체스터 경의 사고방식은 매우 유연했다.

온갖 적을 상대하며 전쟁터를 전전하다 보니, 이보다 더러운 수를 수도 없이 써 봤기 때문이다.

지금도 명예 따위는 생각하지 않고 자신 있게 납치가 가능하다고 말했다.

"병력이 얼마나 필요하겠나?"

"혼자 가는 것이 낫다고 생각합니다."

"혼자서? 가능하겠나."

"괜히 많이 끌고 가 봐야 난이도만 올라갑니다. 비밀 통로를 통해 소영주가 있는 곳까지 바로 들어갔다 나오면 됩니다. 적들은 소영주가 없어졌다는 사실을 다음 날 늦게 알게 되겠지요."

야밤에 결행하겠다는 뜻이다.

"며칠 걸리겠나?"

"5일이면 충분합니다."

가는데 이틀, 오는데 이틀이다.

그리고 실행에 하루.

실패하면 목이 날아갈 것임에도 체스터 경의 의지는 굳건했다.

"경을 믿는다."

"반드시 성공하겠습니다."

카온의 명령을 받은 체스터 경은 다음 날 아침, 곧장 아르칼 영지로 출발했다.

이틀 후 아르칼 영지 외곽.

여기까지 오는 동안 체스터는 머릿속으로 여러 번이나 연습했다.

최적의 경로를 그리고 어떤 식으로 납치하여 끌고 와야 할지까지.

새벽에 납치한 후 빠져나와 달린다.

소영주 블로우는 매일 술을 처먹느라 바쁘다니, 오전이 돼서야 기사들이 알아차릴 것이다.

그때쯤이면 도저히 기병으로도 쫓아갈 수 없을 만큼 체스터 경이 멀어졌을 것이니, 잡힐 공산은 적었다.

계획은 완벽했으나 문제는 비밀 통로를 지키는 병사들이었다.

최악의 경우에는 비밀 통로를 폐쇄했을 수도 있다고 생각했다.

비밀 통로가 왜 비밀 통로인가.

언제 어떤 적이 몰아칠지 알 수 없었으므로 비상시에 탈출구를 만들어 놓은 것이다.

그곳을 통해 적이 침투할 수 있다는 가능성도 생각해야 했기에 한 80% 정도는 폐쇄했거나 경비가 삼엄할 것이라 예상할 수 있다.

하지만.

'단둘?'

체스터는 혀를 찼다.

비밀 통로 입구를 경비하는 병사는 둘뿐이었으며 그마저도 꾸벅꾸벅 졸고 있었다.

비밀 통로 자체를 폐쇄한 것은 아니라는 뜻이다.

'나라면 반드시 폐쇄했다.'

외적을 방비하는 것이 목적이라지만 반란을 일으킬 때는 내국인이 외부에서 침투할 수 있다는 가능성도 생각해야 한다.

아무리 생각해도 아르칼 자작이 왜 반란을 일으켰는지 이해가 되지 않았다.

갑자기 눈깔이 돌아서?

정신병은 없으니 북방 사령관이 되었을 텐데, 참으로 알 수 없는 노릇이었다.

체스터는 소리가 나지 않게 적들에게 조심스레 접근했다.

먼저 좌측 경비의 목에 단검을 꽂았다.

"컥!"

짧은 단말마.

비몽사몽하며 나머지 경비가 깨어났지만, 이 역시 식은 죽 먹기로 처치했다.

그는 인간의 급소를 속속들이 파악했고, 지금까지 살면서 수많은 작전을 지휘하거나 직접 참여한 경험이 있었기에, 이 정도는 임무라고 할 수도 없었다.

비밀 통로로 들어가서는 잠시 헤맸다.

출구가 3개였기 때문이다.

첫 번째는 꽝이다.

영주의 집무실이었으니까.

두 번째 출구는 영주의 방이었으며, 마지막이 소영주 방과 연결되어 있었다.

벽장으로 나오자 피비린내가 확 풍겼다.

'허어.'

체스터는 방 안에 펼쳐진 난리를 보며 침음을 삼켰다.

침대부터 시작해 온통 피 칠갑이었다.

밤새 자객이 왔다 갔나 싶었지만 그게 아니었다.

술병이 널브러져 있었고 심하게 두들겨 맞다, 칼에 찔린 시녀 둘이 바닥을 뒹굴고 있었던 것이다.

이 꼴을 만들어 놓은 주인공은 술에 취해 코를 골고 있었으니, 기가 막힐 노릇이었다.

"……."

부자(父子)의 취미가 시녀를 때려죽이는 것이라더니, 아주 가관이었다.

 잠시 분노가 끓어오르려 했으나 차분하게 식혔다.

 전쟁을 하다 보면 이보다 더욱 심한 꼴도 얼마든지 보게 되니까.

 온갖 인간 군상의 집합소가 군대였다.

 '이걸 어떻게 끌고 간다?'

 그는 잠시 고민했다.

 강제로 들고 가면 못 할 것도 없지만 곧 힘이 빠지고 말 것이다.

 저 인간은 체중이 100kg은 나갈 것 같았다.

 체스터는 놈의 입에 재갈부터 물리고 검집으로 후려쳤다.

 퍽!

 "으읍!"

 블로우 소영주가 눈을 부릅뜨며 깨어났다.

 "시키는 대로 하지 않으면 저 꼴로 만들어 주겠다."

 놈은 정신을 차리자 상황을 인지했다.

 몸을 덜덜 떨더니 고개를 끄덕였다.

 체스터는 속으로 어처구니가 없었다.

 심심하면 약자를 때려죽이는 것이 취미인 인간이 자신의 목숨이 경각에 달리자 순한 양이 된 것이다.

나름 소영주란 작자가 반항 한 번 하지 못하고 끌려가는 모습이 참으로 한심했다.

비밀 통로로 들어온 체스터 경은 한숨을 내쉬며 중얼거렸다.

"병신새끼라는 말이 이토록 잘 어울리는 인간은 참으로 오랜만이다."

5일 후.

카온은 여전히 움직이지 않고 있었다.

그사이에 날은 더욱 쌀쌀해지고 있었다.

주변 영주들은 이미 추수를 다 끝내고 겨울을 대비했다.

그동안에 카온은 수련을 하거나 근처 영지로 사람을 보내 방한용품을 넉넉하게 구매하게 했다.

식량도 사들이고 병장기를 점검하는 등, 누가 보면 북방으로 올라가기 전에 부대 정비를 하고 있다고 생각할 것이다.

물론, 북방에서 반란이 일어났다는 사실은 이 부근에도 알려졌다.

그들을 동원할 수도 있었지만, 좋은 수가 아니다.

아르칼 자작이 들고일어난 이유가 망나니의 통치를 받아들이지 않겠다는 명분 때문이었다. 2황자 파벌들이 포진한 북방의 영주들은 비실비실한 징집군을 보낼 가능성이 컸다.

아군끼리 상하는 것 역시 실책일 수 있었으니 혼자서 처리하는 것이 좋았다.

다들 초조하게 체스터 경을 기다리는 가운데, 미첼 경이 다급하게 막사로 들어왔다.

"주군! 체스터 경이 웬 돼지 한 마리를 잡아왔습니다!"

"아르칼 장남 놈인가?"

"예!"

밖으로 나와 보니 미첼 경이 정확히 무슨 말을 했는지 알 수 있었다.

정말로 돼지새끼 한 마리가 말에 묶여 있었다.

힘 좋은 전투마는 거품을 물었으며 도착하자마자 쓰러졌다.

쿵!

"꾸엑!"

"하하하하!"

놈이 굴러 떨어지며 돼지 소리를 내자 기사들이 웃었다.

블로우는 재갈이 물린 채로 덜덜 떨었다.

5일 동안 풍찬노숙을 한 탓인지 꼴이 말이 아니었다.

체스터 경이 카온에게 군례를 취했다.

"주군의 명령을 수행하고 돌아왔습니다!"

"수고했다! 얼마나 고생이 많았나."

"고생이라고 할 것도 없었습니다. 경비는 허술하고 저

쓰레기 놈은 시녀들을 때려죽이고 그 자리에서 잠을 자고 있었으니 말입니다."

기사들의 눈살이 찌푸려졌다.

소문은 자자했지만, 믿지 않는 자들도 있었다.

아무리 그래도 자신의 백성들인데, 그리 쉽게 때려죽이나 싶었던 거다.

그 말을 저명한 체스터 경이 증명하였으니 기분이 좋을 리 없었다.

카온이야 원작 소설을 통해 이 쓰레기 부자가 어떤 짓을 행해 왔는지 알고 있었지만, 그 역시도 기분은 좋지 않다.

카온은 돼지 놈의 얼굴을 발로 후려친 후에 외쳤다.

"준비하라! 돼지 잡으러 간다!"

제국 북부 국경 도시 람파스.

몬스터가 들끓고 장벽 너머에 이종족이 수시로 쳐들어오는 제국 최악의 영지다.

아르칼 자작이 부임한 이유는 별것 없었다.

황가의 명령이다.

이곳에 부임한 북방군 사령관의 임기는 3년으로, 병력이 사유화되는 것을 막았으니 황실 입장에서는 욕심이 많아도 뛰어난 영주를 배치하는 것이 낫다.

그래도 누구나 꺼리는 지역이었으므로 영지군 1만까지

데려가는 것은 허락해 주었다.

자작은 자신의 목숨을 매우 소중하게 생각했기에 법적 최대 허용 수준까지 영지군을 채워 데려왔다.

올해로 2년째.

내년 봄이 되면 자신의 영지로 돌아갈 수 있을 것이기에 퇴역을 앞둔 말년 병사들처럼 스쳐 가는 낙엽도 피했다.

현상 유지만 하면 그뿐이었는데, 갑자기 그는 반란군으로 지정됐다.

"하……. 씨발, 대체 어떻게 된 일이지?"

반란을 일으켜 놓고도 괴로워 미칠 것 같았다.

그는 한 달 전에 일어난 일을 똑똑히 기억하고 있었다.

복무를 마치고 교대까지 6개월이 남은 시점에서 아르칼 자작은 좋은 소식을 전해 들었다.

망나니 3황자가 유배 생활을 하듯 북방 사령관으로 부임한다는 것이다.

이 기쁜 소식을 전하기 위해 지휘관들을 소집했던 아르칼 자작은 자신도 모르게 미친 소리를 내뱉고 말았다.

"3황자가 부임하면 제국의 방위가 뚫리니, 우리는 그 망나니의 부임을 거부한다."

"예!?"

"아니, 사령관님! 그게 무슨 미친…… 소리는 아니지요."

"암요. 그 망나니가 부임하는데 황명이 대수입니까?"

"……!"

반박하려던 기사들, 그리고 토호 출신 행정관들의 눈깔이 반쯤 뒤집히더니 해괴한 소리를 해 댔다.

모두 그렇게 된 것은 아니었고, 반 정도는 다들 정신이 어떻게 된 것이 아니냐고 고래고래 소리쳤다.

아르칼은 그 자리에서 반대파를 숙청해 버렸다.

"반대하는 놈들을 모조리 감옥에 처넣어라!"

"예!"

아르칼 자작은 곧바로 군을 소집하여 훈련에 들어갔다.

병사들은 대규모 적이 쳐들어오는 것으로 알고 훈련에 매진하는 중이었다.

훈련을 감독하고 있을 때, 부관이 달려와 괴로운 신음을 냈다.

"사령관님, 아무리 그래도 황명은……. 크윽!"

"왜 그러나?"

"그냥 역성혁명에 합류하시죠! 혁명군에 들어가면 한 자리 해먹으실 수 있을 겁니다!"

"야이, 미친……! 소리는 아니구나. 그러자."

"하……."

회상을 마친 아르칼은 한숨을 내쉬었다.

이성적으로는 반란 따위는 꿈도 꾸지 말아야 함을 잘 알고 있었다.

그가 가진 1만의 병력도 영지군을 탈탈 털어 온 것이다.

2황자 세력도 아닌 중립이었는데, 반역자로 낙인이 찍히면 보호해 줄 세력도 없었다.

유일하게 중부에서 일어난 반군만이 반겨 줄 것이었는데, 거리가 너무 멀다.

그렇기에 반란을 일으키려는 것을 최대한 저항하고 있는 중인데, 입만 열면 헛소리가 튀어나왔다.

"나는 황제 폐하께 충성……은 개뿔! 황제는 뒈져야 한다! 으아아!"

쾅! 쾅!

아르칼은 머리를 박아 댔다.

누군가 자신을 조종하고 있었다.

악마에라도 씐 것이 아닌가 싶었는데 세상에 악마가 어디 있는가?

있다고 해도 이 정도로 절대적인 힘을 쓰지는 못할 터다.

'신의 개입인가?'

아무래도 황제까지 죽이겠다는 발상은 하면 안 된다.

3황자만 막으면 그뿐.

"황제 폐하의 황명은 쓰레기다!"

그는 눈물을 줄줄 흘렸다.

그 알 수 없는 존재의 명령을 거부하려 하면 심장이 조여지는 느낌까지 들었다.

점점 증상이 심해지는 것을 보면, 심장이 터져 죽을 수도 있겠다는 생각이 들었다.

아르칼이 자신의 미래와 절대자의 개입 속에서 괴로워하고 있을 때였다.

"각하! 3황자 망나니 놈이 도착했습니다!"

"하……. 그럼 맞아 주어야겠군."

"그, 그런데 문제가 있습니다!"

"문제? 문제야 항상 있지."

'지금 이 자체가 문제다!'

세상에, 반역을 하지 않으면 심장이 터져 죽는다니.

이보다 심각한 일이 더 있나?

참모장의 입술이 달달 떨렸다.

"블로우 공자께서 인질로 잡혀 오셨습니다!"

"뭣이!?"

아르칼의 머릿속이 하얗게 비었다.

인질?

3황자가 정신 나간 놈이라는 소리는 이 먼 북방에서도 들어왔지만, 황족이라는 놈이 후계자로 인질로 잡아 와!?

"정말이냐!"

"예!"

아르칼의 정신이 아득해졌다.

지금까지 가문을 위해 살아온 삶이다.

어떻게든 위로 올라가기 위해 노력하였고, 후계자 역시 무슨 짓을 해도 가문에 피해만 가지 않으면 묵인했다.

본인도 결코 깨끗한 인간은 아니었으니까.

그리 애지중지 키운 가문의 후계자가 인질로 잡혀 있다?

어마어마한 분노가 몰아닥쳤다.

"3황자 이 개자식이!"

북방 영지 람파스 후방 성채.

이곳은 보급을 위해 만든 곳이다.

성벽이 그리 높지 않았고 피해를 감수한다면 공격할 수도 있었다.

문제는 병력 차이다.

6배의 병력 차로 돌격하면 떼죽음을 면치 못한다.

카온도 이를 잘 알고 있었으나 믿는 구석이 있었다.

퍼억!

"꾸에에엑!"

블로우 소영주가 발길질에 맞아 바닥을 뒹굴었다.

동시에 성벽 쪽에서도 비명 소리가 튀어나왔다.

"으아아아! 그만해라!"

"병사들이 튀어나오면 이 자식의 목은 떨어진다."

아르칼 자작이 휘청거리는 모습이 보였다.

협박이 제대로 먹힌 모양인지 여기까지 화살이 쏟아지지는 않았다.

이 거리에서 활을 쐈다가는 금지옥엽으로 여기는 귀한 자식이 맞을 수도 있었으니까.

"활을 거두는 것이 어떤가?"

퍼억!

"커어억!"

이번에는 소영주의 쌍코피가 터졌다.

아르칼 자작은 마치 자신의 몸에 피가 흐른다는 듯 몸을 뒤틀어 댔다.

"활 내려, 새끼들아!"

조용히 활을 내리는 병사들.

그들의 표정이 한결 가벼워졌다.

지금까지 병사들은 북쪽에서 적이 내려온다는 말을 믿고 있었을 것이다.

이런 와중에 갑자기 정식 부임한 3황자에게 활을 겨누고 있었으니 미칠 지경이었다.

카온은 그런 병사들의 심리도 꿰뚫어 봤다.

아무리 범죄자로 전락에 북방으로 끌려왔다고 해도 이곳에 가족이 있는 경우가 많았다.

이런 와중에 반란?

반란에 동조하면 살아남기 힘들다.

활을 들고 있는 자체가 불경스러운 것이다.

카온은 골드 드래곤이 수놓아져 있는 명령서를 낭독했다.

"……이런 공을 참작하여 카온 3황자에게 북방 영지 람파스를 내린다. 짐의 뜻에 따라 제국 변경을 튼튼하게 다지고 적을 막는데 주력하도록 하라."

"……!"

황명이라는 말에 병사들의 사기가 더욱 떨어졌다.

기사들도 몸을 뒤틀기는 마찬가지였다.

변경 영주의 기사들이라 하여도 황명에 반발하는 것은 본능적인 두려움을 만들어 냈기 때문이다.

카온은 교지를 접었다.

"반군에게 고한다! 지금이라도 아르칼 자작을 비롯한 수뇌부를 잡아 바쳐라. 그리하면 너희에게 죄를 묻지 않겠다."

"시끄럽다! 내 말을 듣지 않으면 지금 모두 죽이겠다!"

술렁거리는 성벽 위.

거리가 좀 있어서 자세하게는 보이지 않았으나 병사들은 고뇌하고 있을 것이다.

아르칼 자작은 식은땀을 줄줄 흘릴 것이고.

카온은 검을 뽑았다.

"그러니까, 아르칼 자작이 문제군. 저놈만 죽으면 만사 형통이 아닌가?"

병사들은 입을 열지 않았다.

북방군에 종사하는 기사들 중에서는 어쩔 수 없이 자작의 명령에 따르는 자들도 많았다.

대놓고 북방 사령관의 명령에 불복한 사람들이야 지금쯤 감옥에 갇혔겠지만, 반발을 마음속으로만 한 자도 많았으니까.

"아르칼! 나와 일대일로 겨루자. 황족의 명예를 걸고 약속하건대 나를 패배시킨다면 북방 사령관 작위를 포기하고 물러가겠다. 하나 이 대결을 회피하면 네놈의 아들은 무조건 죽는다."

웅성웅성.

이번에는 후방이 술렁였다.

"전하! 저런 돼지 아비는 제게 맡겨 주십시오!"

"됐다. 이쯤 해야 북방인에게 각인이 되지."

판이 깔렸는데 거절할 이유는 없다.

가뜩이나 카온에게는 기반이 없었다.

어떻게든 변경 사령관으로 입지를 굳히고 병력을 양성해야 하는 입장에서는 강렬한 모습을 보여 주는 편이 좋았다.

물론 아르칼 자작도 쉬운 상대는 아니다.

내적으로는 백성을 괴롭히고 약자에게 강하지만, 그 실

력 하나 만큼은 진짜였으니까.

그가 괜히 변경 사령관으로 부임한 것이 아니다.

황실에서도 아르칼 자작의 실력을 인정하고 있었기에 두 번이나 북방 사령관으로 발령을 냈던 것이다.

자작이 제국 5대 기사 안에는 들지 못하더라도 변경을 돌아다니며 경력을 쌓아 왔으니 실력이 얕을 수가 없었다.

대략 중급에서 상급 기사 수준의 검술.

예전 같았으면 카온도 검을 댈 생각을 하지 않았겠지만, 이번에 또다시 작가 놈이 은혜(?)를 베풀며 마력이 강화되었다.

진군하면서 체스터 경에게 특훈을 받기도 하였으니 질 거라는 생각은 들지 않았다.

아르칼 자작이 문을 열고 달려왔다.

"3황자! 약속은 지키리라 믿습니다!"

"황족의 명예를 걸었다."

"좋습니다. 패배하면 약속대로 군을 물리시지요."

"약속한다."

귀족은 지킬 약속만 한다.

계약으로 귀족제가 운영되고 있는 이상, 구두 약속이라고 해도 지키지 않을 경우에는 귀족으로서의 자격이 없는 것으로 간주되기 때문이다.

일개 귀족의 약속도 그럴진대, 황족의 약속은 말할 것도 없다.

 황족의 명예까지 운운한 이상, 약속을 어기게 되면 황제까지 욕을 얻어먹게 되는 것이었으므로 반드시 지켜진다고 보면 된다.

 카온은 한 번 더 휘하 기사들에게 끼어들지 말 것을 경고했다.

 "굳건하게 자리를 지켜라. 끼어들면 항명으로 다스린다."

 "……그러겠습니다."

 기사들이 검을 집어넣고 물러났다.

 양쪽의 분위기는 다소 완화되었다.

 황족과 제후가 약속하였으니 최소한 전투가 벌어지는 순간에는 별일이 없을 거라 장담할 수 있었기 때문이다.

 카온은 아르칼을 바라봤다.

 "자작, 경은 미친놈인가? 도대체 무슨 배짱으로 황명을 거부하는 것이냐?"

 "그건 제 의지……입니다! 당신이 변경을 다스리면 제국은 위험에 직면합니다. 제국 중부에는 반군이 끓고 있는바, 북부까지 뚫리면 위험하지요."

 "네놈이 그리도 나라를 생각해서 이번에 반군 토벌에 병력조차 지원하지 않은 거냐?"

 "그, 그건……!"

아르칼은 적당한 변명거리를 찾지 못했다.

무슨 말을 해도 궁색했기 때문이다.

그는 눈을 질끈 감았다.

"닥치고 덤비기나 하시오!"

'쯧쯧, 작가의 개입이 확실하군.'

하늘을 바라보니 갑자기 마른하늘에 구름이 끼기 시작했다.

판을 깔아 놓은 작가가 주시하고 있는 것이 틀림없었다.

카온은 자작에게 손가락을 까딱였다.

"네가 와라."

아르칼 자작의 눈빛이 변했다.

한심한 귀족이라고 소문이 났어도 나름 뛰어난 면모가 있는 사람이다.

특히 군대의 운용이나 개인적인 검술은 제국 내에서도 손에 꼽아 주는 편이었다.

그런 자의 검이 허술할 리 없다.

파바밧!

어마어마한 속도로 아르칼 자작이 쇄도했다.

하마터면 카온도 신형을 놓칠 뻔했다.

하지만.

'보인다.'

예전 같으면 상상도 할 수 없었던 일이다.

어마어마하게 늘어난 마나와 매일 효과적인 마력 운용을 고찰한 결과, 오감이 극도로 발달했다. 자연스럽게 몸이 움직였다.

그의 손에서 한때 마스터라고 불렸던 체스터 경의 검술이 펼쳐졌다.

물 흐르듯 자연스럽게 움직이는 검의 파괴력은 막강했다.

콰과광!

"컥!"

겨우 공격을 막으며 자작이 튕겨져 나갔다.

카온은 그 모습에 씩 웃었다.

"할 만한데?"

아르칼 자작은 분명 자신이 있었다.

3황자가 중남부의 반군을 격파한 것은 백번 양보해 가능한 일이라고는 여길 수 있었다.

그러나 어디에서도 3황자의 검술이 뛰어나다는 말은 들을 수 없었다.

망나니로 위장해서 살아왔을 수는 있겠으나, 몰래 수련하는 것은 한계가 있었으므로 이번에 일대일 대결로 몰고 간 것은 놈의 실수라고 여겼던 것이다.

그러나 그건 착각이었다.

쿠아앙!

"커억!"

어디서 검이 날아오는지 보이지 않았다.

오랜 경험을 통해 본능적으로 방어만 하고 있을 뿐이었다.

3황자의 검술은 물이 이리저리 휘몰아 흐르는 것처럼 무척 자연스러웠다.

묘리를 담고 있는 것은 분명하였는데, 도저히 그것이 무엇인지 알 수가 없는 신기한 검술이었다.

'펠테인 가문의 것인가!?'

지금이야 몰락해 일개 기사가 되었으나 반란에 엮이기 전까지만 해도 같은 자작 가문이었다.

오직 검 하나로 일어나 마스터의 자리까지 올라간 괴물, 아르칼.

정상적으로 성장했다면 지금쯤 백작이 됐을 것이라는 소문이 파다했다.

그만큼 펠테인 가문의 검술은 기묘했다.

아카데미 시절에도 애를 그렇게 먹이더니, 지금은 목숨까지 위협하고 있었다.

카가가강!

3황자와 아르칼의 검이 부딪치며 불꽃을 냈다.

"왜? 이 검술에 된통 당하기라도 했나? 하기야 네 장남을 납치한 것이 체스터 경이긴 하다만."

"감히!"

장남에 대한 이야기가 나오자 아르칼의 눈이 뒤집혔다.

사방으로 마력이 줄기줄기 뻗어 나갔다.

힘 조절에 실패한 것이다.

3황자는 가볍게 공격을 피하더니 그가 힘이 떨어져 갈 때 즈음, 오른팔을 잘라 버렸다.

서걱!

"끄아아악!"

살짝 장난스럽던 3황자의 표정이 급변했다.

"감히 황명을 거부한 죄, 멸문에 처하는 것이 마땅하다."

서걱!

푸하하학!

이번에는 무릎의 인대가 끊어지며 다리에 힘이 풀렸다.

아르칼은 아차 싶었다.

방탕하고 사치스럽게 살아갈 수는 있어도 검을 들 때만큼은 진중해져야 했다.

3황자가 아픈 곳을 찌르는 바람에 순간적으로 눈이 돌아갔던 것이다.

수십 년 동안 자신과 함께해 왔던 손목이 검을 꽉 쥔 채로 바닥을 뒹굴고 있었다.

그는 허망한 눈으로 3황자를 올려다봤다.

놈이 이죽거렸다.

"어차피 반역자의 후계자는 죽는다. 그것이 법도지."

"제발 그 녀석만큼은……!"

팟!

3황자의 검이 가볍게 휘둘러졌다.

흐려져 가는 의식 속에 아르칼은 잘려 나간 자신의 목에서 피가 분수처럼 솟구치는 것을 마지막으로 보았다.

"……."

카온은 숨을 몰아쉬며 주변을 둘러봤다.

양측 모두 경악하고 있었다.

그나마 아군 측은 좀 나은 편이었다.

진군하며 수련을 쌓는 과정을 지켜봤으니까.

그러나 북방군을 비롯한 적들은 도대체 어떻게 반응해야 할지 갈피를 잡지 못했다.

"반란군에 직접 가담한 기사들은 폐하의 처분에 맡긴다. 호족들 역시 주동자들을 제외하면 재활용하겠다. 병사들은 무죄이므로 죄를 묻지 않을 것이나, 당장 병장기를 내려놓지 않는다면 반역 혐의를 적용할 것이다. 선택하라!"

웅성웅성!

성벽 위에서 대결을 지켜보고 있던 적들의 눈동자가 흔들렸다.

기사들부터 검을 내려놓자 병사들 역시 활이나 창, 검을 내려놨다.

호족들 역시 더 이상 승산이 없음을 감지하고 무릎을 꿇었다.

경직된 분위기 속에 카온이 호통을 쳤다.

"뭐 하냐! 성문을 열지 않고. 다 죽고 싶은 것이냐?"

끼이이익!

그제야 육중한 성문이 열렸다.

카온은 아군을 바라봤다.

다들 가슴이 벅차다는 감정을 숨기지 않았다.

무혈입성.

반란이 일어난 이상, 다소의 피해는 예상했어야 하는데 정말로 아무 피해도 없었으니 신기해하는 것이다.

카온은 이동을 하는 중에 하늘을 바라봤다.

마른하늘에 갑자기 몰린 구름 속에서 작가의 분노가 느껴졌다.

쿠르릉거리는 것이 당장이라도 비명을 지를 기세였다.

카온은 하늘을 향해 한 손을 들고 가운뎃손가락을 들었다.

"선물은 잘 쓰겠다."

콰르르르릉!

번쩍!

번개 한 줄기가 강력하게 떨어졌다.

람파스 영지.

카온은 천천히 가두 행진을 하며 이곳의 상황이 어떤지

눈에 담았다.

꾀죄죄한 몰골의 영지민들, 멀리서 보는 것과 다르게 보급이 엉망진창인 북방군과 낙후된 환경.

가난에 절어 있는 땅이었으며 위생도 최악이었다.

성벽은 유지 보수를 하는 모양이었지만, 자세히 살펴보면 부스러기들이 떨어지고 금이 가 있을 지경이었다.

절로 한숨이 나왔다.

'클리셰 중에 클리셰군.'

이 세계는 원작 소설을 모태로 창조된 것으로 추정된다.

여러 소설들이 그렇듯 몬스터가 들끓는데, 이민족은 쳐들어오고 내부 상태는 엉망인 지역이었다.

영지가 등장하는 소설은 백이면 백, 이런 지역을 설정하기 마련이다.

소설은 소설이고, 직접 와서 보니 한숨이 절로 나왔다.

온갖 악조건은 다 때려 박은 것처럼 보이는데, 원래 주인공의 임지는 아니었으므로 살길은 터 두었다.

북방에 지하 자원이 충분하다는 것과 야인들을 교화해 쓸 수 있다는 것, 그리고 야인이 노예로 부리는 자들을 구출하면 성장의 발판을 다질 수도 있었다.

그 밖에 람파스 영지를 완전히 손에 넣으면 꽤 이익도 클 것으로 생각됐다.

'자원이 풍부한데 영지민이 가난하다는 것은 뒤에서 많

이 해 먹었다는 뜻이다.'

그 자금은 어디로 흘러갔을까?

단연 호족들이었다.

북방에 부임하는 사령관들은 어차피 평생 살 곳이 아니었기에 뒷돈을 받고 묵인했을 테니 악순환의 연속이었다.

이제 이 땅은 별다른 이변이 없는 이상 카온의 발판이 되어 줄 것이니, 호족들을 수탈할 필요가 있었다.

"3황자 전하의 행차시다! 무릎을 꿇어라!"

기사들이 영지민들에게 험악하게 외쳤다.

일단 분위기를 잡아 카온이 만만한 사람은 아니라는 사실을 인식시켜야 했다.

처음부터 물렁한 사람이 베푸는 자비보다 호랑이 같은 성정의 영주가 베푸는 은혜에 더 감동하기 마련이었다.

기사들의 행동은 민심 안정을 위한 빌드업이었다.

마침내 영주성에 도착했다.

연무장에는 북방군 기사들과 아르칼 가문 가신들이 무릎 꿇려 있었다.

그들은 몸을 덜덜 떠는 중이었다.

카온이 어떤 처분을 내릴지 알 수 없었기 때문이다.

"우선 아르칼 가문은 멸문이다. 죽여라."

서걱! 서걱!

카온이 명령을 내리자마자 소영주 블로우를 비롯한 고위

가신들의 목이 잘렸다.

순식간에 연무장이 피로 물들었다.

늦가을이지만 여긴 영하의 날씨라 피가 흐르다 서서히 얼어 가는 광경이 더욱 기괴하게 보였다.

피도 눈물도 없는 카온의 처분에 호족들과 기사들은 깜짝 놀랐다.

"북방군 기사들은 아까 언급한 대로, 폐하의 처분에 맡기겠으나 특별히 주청을 드려 선처하겠다."

쿵!

북방군 기사들이 바닥에 머리를 박았다.

다들 감격하는 가운데, 카온이 한마디를 덧붙였다.

"물론 지금 감옥에 갇혀 있는 기사들과 같은 대우는 할 수 없다. 최소한 몇 년은 차별 대우를 해야 할 것이니, 불만이 있으면 지금 말해라."

"이미 전하의 은혜가 하늘에 닿았는데, 어찌 불만을 토로할 수 있겠습니까? 저희는 사령관의 명령을 거부하지 못했습니다. 이 역시 기사의 자격이 없으므로 병사로 복무하게 된다고 해도 따르겠습니다."

카온은 곰 같은 체구를 가진 남자를 내려다봤다.

"경의 이름은?"

"북방 기사단장 페로우 글라인이라 하옵니다."

"페로우 경이라……. 북부 학살자라 불리는 자인가?"

"과분하신 칭호십니다."

북부 학살자 페로우 단장.

북방에는 쓸 만한 무관이 많았다.

매일 밥 먹듯 전투를 해야 하는 운명이었으니 실력이 늘지 않으면 그게 더 이상한 일이다.

복무하는 병사들이나 기사들은 전부 중앙군 소속이었으나 최소한 3년 단위로 이동하였으므로 북부에 있는 동안에는 수많은 실전을 경험한다.

'지금이 2년 차인가?'

이들은 앞으로 1년이면 돌아간다.

2만의 북방군 중에서 5천 정도는 토박이였으니 남을 것이고, 나머지 사람들도 말뚝을 박을 수 있도록 해야 한다.

'그건 나중에 생각하고.'

"아르칼 가문 기사 중에서 단장과 부기사단장의 목은 친다."

서걱! 서걱!

명령과 즉시 모가지가 날아갔다.

카온은 거침이 없었고, 휘하 기사들을 시켜 깔끔하게 참수했다.

이만하면 나름의 명예를 지킨 것이다.

"남아 있는 아르칼 사람들은 충성을 맹세하면 선처하겠다."

"충성을 맹세하겠습니다!"

'뭐, 선택의 여지는 없겠지.'

카온은 빠르게 상황을 정리했다.

이제 호족들의 차례였다.

이들 중에서도 고위 호족들은 목을 쳤다.

카온은 이 자리에서 저들을 숙청하지 않으면 추후 어려워질 것이라는 사실을 충분히 인지하였으므로 빠르고 단호하게 목을 잘랐다.

"호족들은 들어라."

"예, 전하!"

"내가 몹시 상처를 받았다. 이 땅은 내게 영구적으로 내려진 곳. 뭔 일이 발생하지 않고서야 내가 쭉 다스리게 될 거라는 뜻이지. 폐하께서 내려 주신 이 땅에서 너희들이 황명을 거부하는 바람에 몹시 내 손이 떨린다."

"……!"

호족들은 벌벌 떨었다.

카온은 장계를 가져오게 했다.

펜을 쥐고 있는 손이 정말로 떨렸다.

그 눈동자가 호족들을 훑을 때마다 다들 경기를 일으켰다.

카온의 손이 떨린다는 의미가 장계에 이름을 적어야 할지, 말아야 할지 망설인다는 뜻이었다.

"이걸, 적어 말아?"

쿵! 쿵!

호족들은 머리를 미친 듯이 박아 대며 부르짖었다.

"부디 가문만은 건사하게 해 주십시오!"

"이렇게 간절히 청합니다!"

그놈의 가문주의는 북방도 여전했다.

자신의 목은 떨어져도 어떻게든 가문은 건사하게 해 달라는 뜻.

카온이 손짓하자 기사들이 호족들에게 양피지 한 장씩을 내밀었다.

"살고 싶다면 적어라."

"……"

이 순간, 누구나 예상할 수 있었다.

카온이 강력한 족쇄를 만들려 한다는 사실을.

"먼저, 각 가문의 사병은 모두 영지군으로 편성한다."

"그, 그것은!"

"소리를 낸 반역자의 목을 쳐라!"

서걱!

푸하학!

기사들이 즉각 움직여 조금이라도 반항하려는 기미를 보이면 베어 버렸다.

사방으로 피가 쏟아졌다.

양피지와 호족들의 얼굴에도 그 피가 튀었다.

카온이 완고하다는 것을 알게 된 호족들은 군말 없이 받아쓰기를 했다.

"모든 재산의 5%만 남기고 모두 상납한다. 재산은 금화만 허락하며 가지고 있는 땅도 모조리 토해 낸다."

"으읍!"

호족들이 눈을 부릅떴다.

카온의 요구는 지배 계층에서 아예 내려오라는 의미였다.

그러나 누구도 거부하지 못했다.

사령관의 독단이었으나 반란에 동조한 것은 사실이었으며, 명령에 따르지 않는다면 곧바로 반역죄를 적용, 최소한 삼족이 멸문된다.

지방 호족들은 가문들이 혼맥으로 연결된 경우가 대부분이므로, 사실상 모든 호족이 멸망한다는 의미였다.

"싫으면 죽든지."

호족들은 울상을 지으며 펜을 움직였다.

마지막으로는 행정관으로 평생 복무해야 한다는 조항까지 추가하여 사실상의 노예 계약을 체결했다.

다들 넋이 나가 있는 가운데, 미첼 경이 정말 궁금하다는 듯이 물었다.

"주군, 반역자들은 왜 살려 주시는 겁니까?"

"주동자들의 목은 이미 쳤다. 지금도 숙청에 가깝게 처리했으니 더 이상 피를 볼 필요가 있겠나?"

"그래도 너무 관대하십니다."

"머나먼 동방의 어느 왕국에는 위대한 대왕이 있다. 그분께서는 다소 흠결이 있는 자들을 죽도록 굴리는 치세를 펼쳤다."

"오오! 정말 현명한 분이군요!"

카온은 대놓고 그들을 갈아 버리겠다고 선언했다.

카온은 지방 호족과 아르칼 영지군의 항복을 받아 냄으로써 병력을 불렸다.

북방군 2만, 아르칼 영지군 1만, 카온의 자체 병력 5천까지.

총 3만 5천이었으며 지방 세력치고는 괜찮은 수준으로 출발할 수 있게 됐다.

'그래도 부족하지.'

원작의 내용을 고려하면, 반드시 내전은 벌어진다.

2황자 놈은 황태자가 황제의 자리에 올라도 자신을 따르는 귀족들을 이끌고 반역을 도모한다.

워낙 황태자가 먼치킨적인 능력을 가졌고, 세력이 막강하여 압살해 버리기는 했지만 그건 원작이었으니 가능한 일이다.

카온이 내전을 감당할 수 있을 만큼 성장하기 위해서는 못해도 10만 이상을 휘두를 수 있어야 한다.

'북방의 람파스 영지만으로는 무리가 있지.'

강점만 생각해 보면 장벽 너머의 여러 이민족을 통합해 병력으로 쓸 수 있다.

마석은 나지 않았지만, 병장기 제작에 필수적인 철광산도 있었으니 장인들만 납치(?)해 오면 충분히 대형 대장간도 돌릴 수 있게 된다.

문제는 거기까지 가려면 돈이 아무리 많아도 부족하다는 것이다.

자체적인 인구도 태부족이었으므로 반역을 일으킨 아르칼 영지는 먹고 봐야 한다.

잠깐 지휘관 회의를 열어 의견을 물어본 결과, 문제는 역시 명분이었다.

"아무리 반역이 벌어졌다고 해도 명령을 받고 움직이는 것과 그렇지 않은 것에는 많은 차이가 있습니다."

한때 고위 귀족으로 승급이 예정되었던 체스터 경은 정치에도 일가견이 있었다.

그 더러운 정치판이라면 카온을 음해하는 놈들이 충분히 나오리라 본 것이다.

2황자 세력이 굳건한 이상, 100%라고 봐야 한다.

"이 문제를 해결하지 않고 아르칼 영지를 치는 것은 무모하다고 생각합니다."

"그건 저희들의 생각도 같습니다."

귀족은 아니지만 황실 기사들 역시 보고 들은 것이 있었다.

제국에서 정치 이슈가 가장 불거진 곳이 바로 황궁이었다.

그곳에서 10년 이상 복무했다면 충분히 카온의 적들이 어떻게 나올지 예상할 수 있는 것이다.

"그래도 정리하는 것이 옳기는 하다. 아르칼 영지는 이미 강을 건넜다. 그대로 있어도 반역죄로 엮일 텐데, 주변 영주들을 끌어들이면 골치 아파진다."

"그건 부정할 수 없습니다만, 정계에서 이해해 줄지는 또 다른 문제입니다."

"2황자 놈과 명백한 대립 관계를 형성하게 되었으니 당연히 지랄하겠지. 하지만 놈은 지금 토벌군 사령관으로 나가 있다. 꽤 고전을 하게 될 테니 이 문제를 가지고 끝까지 늘어지지는 못한다. 2황자가 반군 토벌에 실패하게 되면 무슨 역풍을 맞을지 모르기 때문이지."

"그건 확실히."

정치 역학은 그리 간단하지 않다.

카온 역시 믿는 구석이 있어 이러는 거다.

원작을 봐도 그렇고, 2황자의 능력을 봐도 도저히 토벌에 쉽게 성공할 것 같지가 않았다.

운이 좋아 토벌하더라도 최소한 2년은 걸릴 거라고 봤다.

병력이 모자라면 중앙군을 더 지원해야 하는데, 여기서 카온을 압박했다가는 보급 사령관이자 큰외할아버지인 바이스 후작이 그걸 차단할 수 있는 것이다.

"2황자 세력의 입을 닥치게 할 명분은 됐고, 폐하를 설득할 명분을 찾는 것이 문제인데 이에 대한 답은 아까 나왔다."

기사들은 고개를 끄덕였다.

제국 중남부에 반란이 일어나고 있는 가운데, 북방 지역까지 흔들리게 되면 제국 전체가 위험에 빠질 수도 있기에 아르칼 영지를 처단하고 보고한다.

이 경우는 선제적인 조치에 해당하며, 빠르게 점령하기만 하면 황제도 흡족해할 것이다.

빈말이 아니라 아르칼 영지에서 혼란을 유도한다면 제국은 정말로 망조가 들 수 있었다.

이런 명분이라면 2황자의 원정까지 걸려 있는 가운데 반발이 나올 가능성은 희박했다.

지금 제국에는 각 세력이 다투고 있지만, 싸우는 자들도 국가가 무너지길 바라는 것은 아니었다.

"이제 백성들을 모아라. 이곳에 2만 정도를 남겨 둘 테지만 불안해하고 있으니, 조금이라도 민심을 달래 줄 필요가 있다."

"민심을 달랜다는 것은 상당한 자금이 들어간다는 의미입니다만."

체스터 경이 자신의 경험을 토대로 말했다.

카온도 알고 있다. 대중은 돈을 풀어야 좋아한다는 것을.

세상에 공짜만큼 강력한 것이 또 있을까.

"영지 발전과 병행하는 방법을 쓸 것이니 걱정 말도록."

클리셰가 괜히 클리셰인가?

그만큼 효과가 있으니 클리셰인 것이다.

영지 광장.

북방 지역에 살고 있는 백성들이 상당수 모였다.

람파스 지방의 총인구는 15만 정도다.

인구 조사를 정확하게 해 봐야 알겠지만 성실한 납세자가 이 정도라는 뜻이고, 단순히 숫자만 보면 결코 적지 않았다.

카온으로서는 민란도 신경을 써야 했다.

람파스 영지에 살고 있는 백성들은 항상 과중한 부담을 져왔다.

피폐한 삶을 이어 나가고 있었으나 봉기하지 못한 것은 항상 중앙군과 사령관으로 부임하는 자가 개인적으로 영지군을 끌고 와 막강한 군사력을 휘둘렀기 때문이다.

3만에 이르는 병력을 15만의 백성이 부양해야 했으니 허리가 휘고도 남는다.

면세지라는 특성을 생각해도 미친 수준의 부담이었으므로 중앙에서는 어떻게든 지원금을 하사하고 유지하려 애썼다.

거기에 북방군은 죄다 범죄자 출신으로, 반골 기질이 생겨도 전혀 이상하지 않았다.

카온이 병력을 상당히 빼 가면 내부에서 괜히 미친 짓을 벌일 수도 있었으므로 풍부해질 예정인 자금을 이용해 강력한 정책을 펴야 한다.

"다들 들어라. 지금까지 람파스 영지의 백성들은 가난할 이유가 없었다. 지금껏 철새처럼 부임했던 사령관들이 호족들과 결탁하여 너희들을 수탈했기 때문에 악순환이 발생한 것이다. 황실에서는 세금을 부과하지 않았고, 오히려 매년 지원금과 물자를 보냈다. 현재 50%에 이르는 세금은 과도하며 이런저런 잡세까지 더해지니 피폐해질 수밖에."

"……!"

웅성웅성.

백성들이 술렁거렸다.

교묘한 카온의 화술에 말려들어 가고 있었다.

그 논리에 따르면 황실에는 아무런 잘못이 없으며 철새

들이 문제였다.

원인을 만든 것이 호족들이었으니, 그들의 배만 부르고 백성들은 가난에 허덕이게 된 것이라고 주장했다.

이런 주장은 잘 먹혔다.

여론이 좋지 않을 때는 욕받이를 세워 주어야 하는 법.

현대에서도 통하는 수법이 통하지 않을 리 없었다.

"이에 본 황자는 수탈의 원인인 사령관의 목을 쳤다. 호족들 역시 깔끔하게 숙청했다. 앞으로 수탈은 없을 것이다."

"오오!"

"저 말이 진짜일까?"

"아까 못 봤나? 호족들의 머리가 죄다 잘려 나가지 않았나."

백성들의 말은 반쯤 진실이었다.

반란에 가담했던 호족들 중 고위층은 죄다 참수했으니까.

"호족은 몰락했고, 나는 황제 폐하로부터 이 땅을 영구적으로 받았다. 앞으로는 어떤 놈이 들어와 수탈할지 걱정하지 않아도 된다는 뜻이다. 잡세를 폐지하고 세율은 40%로 고정한다. 지금까지 고생했으니 위로 차원에서 각 가정에 한 달분 식량이나 그에 준하는 자금을 지원한다. 내부가 안정되고 나면 여러 공사를 벌여 일할 수 있는 환경을 만들 것이니, 앞으로 생계는 걱정 말라."

"와아아아!"

"황제 폐하 만세!"

"황자 전하 만세!"

백성들은 만세 삼창을 했다.

카온은 민심 안정 패키지를 적용했다.

그동안 대체 역사나 영지물을 본 것이 한두 개인가?

각 소설마다 민심 안정책은 조금씩 달랐지만, 대체적으로 비슷한 면을 보였다.

이 세계의 원작소설도 마찬가지였다.

작가 놈이 이런 식으로 민심 안정책을 시행했더니 반란이 일어나지 않았더라는 내용을 바탕으로 했다.

이 세상에는 그에 맞는 맞춤 패키지가 있다는 뜻이다.

백성들의 반응은 엄청났다.

'이만하면 반란을 일으킬 가능성은 거의 없다.'

세금을 낮추고 공짜로 식량도 한 달분 정도는 준다.

이러면 최소한 굶어 죽는 자들은 나오지 않는다.

추후에는 공사를 벌여 일자리를 마련해 준다고 하였으니, 열심히만 살면 돈도 모을 수 있다.

카온이 생각해도 반란이 일어날 가능성은 없어 보였다.

그는 총병력 1만 5천을 이끌고 곧바로 진군하기로 했다.

그 전에 영지의 관리를 맡아 볼 사람이 필요했다.

"체스터 경!"

"예, 주군!"

공적인 자리였기에 체스터 경은 바로 부복하며 고개를 숙였다.

"호족 놈들의 재산을 털어 와라. 아까 말한 대로 식량을 백성들에게 나누어 주고 장부를 작성해라."

"장부 말이옵니까?"

"겸사겸사 인구 조사를 하라는 뜻이다."

"과연! 그리하겠습니다!"

공짜로 식량을 한 달분이나 준다.

그냥 인구 조사를 하면 거부할 가능성이 있지만 식량을 준다는데 참여하지 않으면 그보다 멍청한 짓은 없다.

"대략 일주일 안에 토벌을 끝내고 돌아올 것이니, 그동안 영지를 안정시켜라."

"명에 따릅니다."

휘하에 믿을 만한 놈이 없었다.

정확하게는, 믿을 사람은 있어도 영지를 관리해 본 경험이 있는 자가 없었다.

체스터 경은 한때 대영지를 소유했던 경험이 있었고, 전쟁을 수행하며 군정을 펼치기도 했다.

그야말로 체스터는 팔방미인의 인재였다.

카온은 적절한 비율로 병력을 구성했다.

북방군 1만과 아르칼 영지군 2,500과 개인 병력 2,500.

총 1만 5천의 군세였으며 아르칼 영지가 대군을 감당할 수 있을 거라 생각지는 않았다.

아르칼 영지에서는 1만에 달하는 병력을 뺐다.

자작 급이 보유할 수 있는 군대는 1만 5천이라는 제한이 걸려 있었기에 많아 봐야 5천 정도가 있다는 계산이 나온다.

이 상황에 영주와 소영주가 죽었고, 카온에게는 강력한 명분이 있었다.

이미 실패한 반란, 버텨 봐야 소용없다는 것을 알 테니 점령에 실패한다는 것은 말이 되지 않았다.

문제는 그 이후였다.

'영지를 얼마나 탈탈 털 수 있을 것인가.'

이게 관건이었다.

아르칼 영지는 그다지 부유한 곳이 아니지만 굶어 죽는 백성은 적었다.

가문 사람들의 사치를 생각해 봤을 때, 어디선가 돈 나올 구멍이 없다면 도저히 그딴 식으로 영지를 유지할 수 없다.

'철광산이 있다는 건 알겠는데, 그 이상의 언급은 없었지. 아르칼 영지를 거의 엑스트라 취급했었으니까.'

원작 소설을 읽었다고 해도 작가가 설명을 생략하면 독

자가 자세한 상황을 알 수 있을 리가 없었다.

머리를 한참 싸매던 카온은 현지인에게 물어보는 것이 가장 현명하다고 판단했다.

해가 질 무렵, 람파스 평야.

추운 지방이라 진즉에 추수가 끝나 굉장히 황량한 농지에 야영지를 꾸렸다.

그러고는 바로 아르칼 영지의 행정관을 불렀다.

고위 가신은 아니었고, 딱히 아르칼 자작에 대한 충성심도 깊지 않아 살려 둔 인재다.

앞으로는 갈려 나갈 예정이었고.

"찾으셨습니까!"

손바닥을 비비며 막사로 들어오는 한 중년 남자.

처세술이 대단했다.

"비델로스 경?"

"경이라는 칭호는 당치도 않사옵니다. 저는 일개 행정관료일 뿐이며, 크게 정치에 개입하지도 않았습니다."

카온은 피식 웃었다.

부행정관이 정치에 개입을 안 해?

개소리다.

"그래? 아르칼 영지에 돈이 될 만한 것이 뭐가 있는지 자세하게 알려 주면 중용하려 했었는데, 안타깝군."

"허허! 그건 또 제 소관입니다. 돈에 관련된 문제는 전문이지요."

바델로스는 말을 손바닥 뒤집듯 했지만, 관대하게 넘어가기로 했다.

"말해 봐라. 도대체 아르칼 가문에 무슨 돈이 있어서 그런 사치를 부릴 수 있었던 건가?"

이는 매우 중요한 문제였다.

카온은 아르칼 자작이 사용하던 방에 들어와 보고는 깜짝 놀랐다.

북방 사령관이라는 새끼가 너무 사치를 부려 눈이 부실 지경이었기 때문이다.

황궁만큼은 아니었지만, 결코 변방의 중소 영주가 누릴 수 있는 부귀는 아니었다.

자금원이 있으니 가능한 일이다.

주변에 잘 알려지지 않았던 이유가 있을 것이다.

"그것이……."

"어차피 알려질 일이다. 멸문당하지 않고 싶으면 똑바로 불어라."

"으, 은광입니다!"

"은광?"

"아르칼 영지 남부에는 작은 은광이 있습니다. 다만, 이게 이웃 영지와 영토 분쟁을 일으킬 소지가 있는지라 대놓고 드러내지 못했습니다. 소수 행정관들에게만 알려진 정보이고, 은광은 영지민을 죄인으로 만들어 강제 노역시켰죠."

"허. 어떤 식으로?"

"춘궁기에 고리대를 주어 돈을 빌리게 하고 다음 해에 갚게 하는데, 두 배에 이르는 이자를 물리는 바람에 많은 백성이 은광에서 노역하고 있습니다."

"미친놈이군. 백성을 노예로 만들어서 부려?"

"크게 보면 백성도 자산이니 말입니다."

"……"

카온은 할 말을 잃었다.

마치 조선 시대 환곡의 폐단을 보는 것 같았다.

사람의 생각이 거기서 거기라더니, 영토 분쟁으로 번지는 것을 막기 위해 비밀리에 광산을 운영하고 있었던 것이다.

기가 막힌 카온은 고개를 흔들고 물었다.

"그래도 주변 영지에서 의심을 했을 텐데?"

"그렇지도 않습니다. 백성을 노예로 만들어 상인에게 팔아먹기까지 하였으니, 그 돈으로 호의호식한다고 여긴 모양입니다."

"중앙에서는 뭐라고 안 하던가?"

"경고는 몇 번 받았습니다만, 그때마다 뇌물을 주어 무마시켰습니다."

"미쳤군."

제국은 속에서부터 썩어 들어가고 있었다.

이러니 반란이 주기적으로 터지고, 그걸 막느라 주인공이 동분서주하였던 것이다.

백성들이 난리를 치니 이걸 명분으로 제후들이 들고일어나 제국을 어지럽혔다. 망조가 들어도 단단히 들었다.

"예부터 민란이 터지는 것은 국가가 망하는 전조 증상이라더니."

"황실에서는 충분히 노력하고 있습니다. 관리들이 문제이지요."

"됐다. 내가 황족이라고 눈을 가릴 필요는 없다."

"황공하옵니다."

카온은 한숨을 내쉬었다.

그러나 한편으로는 이런 비리를 파헤쳐 세력을 확장시킬 수 있을 것 같았다.

'아르칼 자작의 행동은 불법이다. 이면 계약서를 만들어 백성을 속이고 노예로 팔아먹다니. 감독을 위해 파견된 자들도 뇌물을 받아 처먹으며 유야무야 넘겼으니, 황제는 태평성대가 이루어지고 있다고 착각하게 되는 것이지.'

이걸 그냥 두었다가는 난리가 날 것이 뻔했다.

최소한 북방 지역이라도 폐단을 뿌리 뽑아야 한다.

그 과정을 통하여 여러 지역에 영향력을 끼치고 세력을 불려 나갈 수 있을 것 같으니 일석이조였다.

"그 밖에는? 드러난 자산도 있을 터인데."

"규모로 치면 중급 정도 되는 철광산이 있습니다. 그곳에서는 아주 드물게 마석도 발견이 되니, 대체적으로 재정은 안정적입니다."

"빈민은 노예로 팔고, 나머지 백성들이 그럭저럭 먹고 살 수 있던 이유가 마석 때문인가?"

"예."

"정말이지 놈을 처리하길 잘했다는 생각이 든다."

"……저도 그리 생각합니다."

눈 가리고 아웅 한다더니.

비델로스도 비리에 참여하는 과정에서 한몫 단단히 챙겼을 것이니, 평생도록 행정의 노예로 써먹을 예정이다.

놈이 말하는 꼬라지를 보니 제법 일도 잘할 것 같았다.

"너는 나와 함께 다니며 아르칼 영지 가신들의 재산을 탈탈 털어 줘야겠다. 거기까지만 해 주면 네놈의 재산 중 20% 정도는 보전할 수 있게 하겠다. 땅은 다 털어야겠지만."

"……감사합니다."

카온의 입장에서는 나름 파격적인 혜택이었다.

노예로 부릴 행정관들의 재산은 대부분 5%만 남겨 두었는데, 앞잡이(?)로 채용한 비델로스는 동료를 팔아먹는 대가로 20%의 재산을 건질 테니까.

최전방 람파스 영지 남동쪽에 붙어 있는 자작 급 영지 아르칼.

아르칼 영지 북쪽으로는 고지대가 펼쳐져 있었고, 산맥이 가로막고 있어 최전방이되, 최전방이 아니었다.

말을 타고 고작 2~3일이면 람파스에 도착하기에 아르칼 자작은 계속해서 사치를 이어 나갈 수 있었다.

겸사겸사 부임지를 쥐어짜면서 말이다.

최근 들어 람파스 영지는 매우 핫한 감자로 떠올랐다.

미쳐 버린 아르칼 자작이 황명을 거부하고, 3황자에게 자리를 인계하지 않았던 것이다.

이 때문에 아르칼 영지 전체에 비상이 걸린 가운데 소영주까지 사라져 버렸다. 심지어 살았는지 죽었는지 아직 확인조차 되지 않았다.

통치의 주체인 자작과 후계자가 사라지자 행정관 칼라인 준남작이 임시로 영지를 다스리고 있었다.

"아직도 소영주님의 행방이 묘연한가!"

"그, 그게 아무래도 3황자 세력이 납치한 것으로 추정됩니다!"

"3황자 세력이라니!"

칼라인 준남작은 새삼 망했음을 직감했다.

3황자가 소영주를 이용해 무슨 짓을 꾸밀지는 대충 예상되었기 때문이다.

소영주에 대한 자식 사랑이 남다른 아르칼 자작이라면 상대방에게 질질 끌려다닐 수밖에 없는 처지다.

한마디로 가문 전체가 멸문할 위기에 처한 것이다.

가뜩이나 심란한데 급보가 도착했다.

"준남작님! 자작께서 패하시고 영지군이 3황자에게 흡수되었다고 합니다!"

"뭣이!?"

웅성웅성.

행정관들은 갈피를 잡지 못했다.

자작이 기사단과 병력을 죄다 끌고 가는 바람에 영지에는 쭉정이만 있었다.

신병이나 노병으로 이루어진 5천이 전부였으나, 그마저도 장부상으로만 남아 있을 뿐이고, 실질적으로는 한 3천이 될까 말까 했다.

반역을 일으킬 생각이 있었으면 3황자를 죽이든지 인질로 잡았어야 하는데, 꼴사납게 패배하여 병력을 날려 버리고 만 것이다.

가뜩이나 주변 영주들이 아르칼 영지를 주시하고 있었는데, 이대로 3황자가 쳐들어오면 행정관들의 목숨도 위험했다.

급보는 이것으로 끝나지 않았다.

"3황자가 1만 5천의 병력을 이끌고 진군 중입니다!"

"벌써!?"

모두의 눈동자가 미친 듯이 흔들렸다.

전령의 말을 들어 보면, 검으로는 나름대로 유명한 아르칼 자작이 황자와 일대일 결투를 벌여 목이 날아갔다고 한다.

그것도 모자라 가차 없이 아르칼 가문의 고위 기사들과 가신을 숙청해 버렸다고.

"망나니라면서."

칼라인 준남작의 가치관이 흔들렸다.

망나니 황자가 운이 좋아 아군을 격파한 것이라면, 어떤 식으로든 돌파구를 마련할 수 있다고 생각했다.

하지만 3황자가 지금 하는 행동을 보면 너무 단호했으며, 강한 무력까지 가지고 있었다.

이 순간, 행정관들은 피신할 생각을 굳히고 있었다.

여기서는 살아남을 수 있는 가능성이 없었기 때문이다.

문제는 보고를 받은 지 반나절도 되지 않아 터졌다.

"준남작님! 3황자가 영내에 들어섰습니다!"

"너무 빠르지 않나!"

칼라인은 경악했다.

지금까지 일어난 일을 미루어 보면 가능성은 하나로 좁

혀졌다.

3황자가 반역자 가문을 일망타진하기 위해 일부러 전령들이 달리는 속도를 조절했다는 것.

실제로 전령들은 적 기병들에게 쫓기길 예사였다고 하니, 책략이 들어갔다고밖에 볼 수 없었다.

"3황자에게 배후가 있나?"

모두 식은땀을 흘리는 가운데, 적들은 시시각각으로 진군해 도시를 포위했다.

화살의 사정거리가 아슬아슬하게 닿지 않는 곳까지 진군한 카온은 전격적으로 본성을 포위하였다.

이 시대의 영지라는 게 도시 하나 끝장낸다고 점령할 수 있는 것은 아니었지만, 여기까지 오는 동안 누구도 반항하지 않았다.

적의 숫자를 최대한으로 잡았을 때 5천이다.

카온이 진격하고 있다는 소식을 아르칼 영지에서 전해 들었다면, 각 마을이나 중소 도시에 퍼져 있는 병력을 불러들였을 것이다.

실제로 지나가는 마을이나 소도시는 죄다 백기를 들었다.

도시를 다스리는 행정관들은 모두 본성으로 퇴거했다고 했다.

"주군! 포위가 끝났습니다!"

롬멜 경이 보고했다.

카온은 성벽 위에 서 있는 병사들을 바라보며 고개를 갸웃거렸다.

"조금 이상하지 않나."

"장부상으로만 병력이 존재했던 모양입니다."

"그렇겠지?"

"이런 경우는 흔합니다. 법적인 기준의 최대치 병력을 운용한다고, 주변 영주에 과시하는 것이지요."

"쯧, 이놈의 나라도 허세에 절었군."

"어쩔 수 없는 일입니다. 그래야 만만하게 보지 않으니 말입니다."

그나마 영지 행정관들도 생각이라는 것을 하는 모양인지, 도시 내에서 최대한 징집했지만 사기는 바닥을 쳤다.

이 시대의 백성들은 대부분이 문맹이었지만, 멍청하지는 않았다.

황명을 거스르고 황족에게 칼을 들이댔다는 것만으로도 멸문당할 수 있다는 사실을 잘 알고 있는 것이다.

"기다려라."

"예!? 같이 가시죠?"

"지금 같은 상황에서는 퍼포먼스가 중요하니."

병력을 쏟아부으면 쉽게 점령할 수 있을 것 같지만, 최소한 천 단위의 사상자가 발생할 것이다.

그것도 최대한 희망적으로 잡은 수치다.

시대를 막론하고 공성을 하는 측은 막대한 피해를 입게 된다.

적의 사기가 아무리 떨어져 있어도 말이다.

카온은 황족에게만 허락된 금빛의 망토를 두르고 나섰다.

갑옷 역시 금색이라 누가 봐도 황족이라는 사실을 알 수 있었다.

카온이 혼자 터벅터벅 걸어 성문 앞에 섰지만, 누구도 함부로 활을 겨누지는 않았다.

싸워 봐야 가망이 없다는 사실을 잘 알았기 때문이다.

"마지막으로 경고한다. 지금 당장 문을 열지 않으면 영지 전체를 잿더미로 만들 것이다. 하나 항복한다면 자비를 베풀겠다. 너희는 지금 반역에 연루되어 있다. 이미 영주와 소영주는 죽었고, 고위 가신들의 목도 쳤다. 모든 사태는 영주가 미쳐 돌아서 일어난 일. 바로 군을 준비할 것이니 화살이라도 하나 날아오면 황제 폐하의 분노가 영지로 향하는 줄 알거라!"

"……!"

예상대로 적들은 더욱 싸울 의지를 잃어버렸다.

제국에 망조가 들었어도 황제는 30만이나 되는 중앙군을 움직일 수 있었다.

변방의 작은 영지 따위야 순식간에 잿더미가 되고도 남는다.

멀리 갈 필요도 없다.

카온이 끌고 온 병력만으로도 충분히 공략할 수 있었다.

순순히 항복한다면 어느 정도는 자비를 베풀 것이지만, 반항하기로 마음먹으면 어쩔 수 없다. 정말로 영지를 잿더미로 만드는 수밖에.

쿠구구궁!

그때, 성문이 열리더니 중년의 남자가 부리나케 달려 나왔다.

꼴에 귀족이라고 호위병도 거느린 채였다.

쿵!

칼라인 준남작이라고 밝힌 남자는 카온의 발치에 무릎을 꿇으며 바닥에 머리를 박아 댔다.

"저는 임시로 영지를 통치하고 있었습니다! 정말로 전 영주가 반란을 일으킬 것이라고는 상상도 못 했습니다! 아무것도 전달받은 바가 없으며 너무 급작스럽게 일어난 일이니 헤아려 주십시오!"

'그건 진실이지.'

카온은 가만히 칼라인 준남작을 내려다봤다.

북방에 주둔 중이었던 아르칼 자작 휘하의 가신들은 몰

라도 이곳에 있던 자들은 아무런 죄가 없긴 했다.

작가 놈의 개입 때문에 이렇게 된 것이지, 원래 자작은 반란을 일으킬 깜냥도 아니었기 때문이다.

'그래도 이 기회를 놓칠 수는 없다.'

"최대한 선처할 것이다."

"감사합니다!"

"몇 가지 조건만 수용한다면 목숨은 살려 준다."

그 몇 가지 조건이 빡세기는 할 것이다.

카온과 그의 군대가 영지에 입성했다.

그와 동시에 롬멜 경이 나서서 영지군의 무장을 해제했다.

그걸 보고 있던 미첼이 혀를 찼다.

"영지를 이렇게 만들어 두고 북방으로 병력을 1만이나 빼 가다니. 아르칼 자작도 어지간한 겁쟁이였던 것 같습니다."

"자신의 목숨이 소중했던 거지."

"아들을 그렇게 아꼈다면서요?"

"아들을 아끼는 것과 자기 목숨 중에 선택하라 했으면 아마 후자였을 거다."

영지 꼴이 개판이었다.

비록 굶어 죽은 사람은 람파스 영지에 비해 적었지만, 영내에 투자는 전혀 하지 않았던 것으로 보였다.

다 쓰러져 가는 민가 뒤로 어마어마한 크기의 영주성이 떡하니 자리 잡고 있었으니, 평소 아르칼 자작이 얼마나 사치를 부렸는지 알 수 있었다.

영지 광장.

이곳에는 백성들이 **빽빽**하게 모여들었는데, 굳이 그들의 접근을 막지 않았다.

병력으로 대충 광장으로 들어오는 것만 막아 두고, 근처에서 구경하는 것은 오히려 권장할 일이었다.

아르칼 영주의 가신들은 이곳에 죄다 모여 있었다.

"너희들은 항복했으니 목숨은 보장한다."

그들은 안도의 한숨을 내쉬었다.

아르칼 영지군 병사들도 마찬가지였다.

목숨이라도 구했다면 살길이 생기기 마련이었기 때문이다.

그러나 카온은 이들 가신을 가만히 둘 생각이 없었다.

"너희 재산의 5%만 챙기게 해 준다. 나머지는 모두 압수하고 지금까지 영지민을 수탈했으니 그들을 위한 정책 자금으로 사용할 것이다."

"5%라니요!"

"불가합니다!"

아르칼 놈들이 들고일어났다.

카온은 혀를 찼다.

이 어리석은 인간들은 자신의 처지가 어떤지 전혀 자각이 없는 것 같았다. 그렇지 않고서야 이따위 요구를 할 수 있나?

어처구니가 없었던 것은 기사들도 마찬가지였다.

롬멜 경이 이놈들을 어떻게 처리할지 눈빛으로 답을 구하고 있었다.

"기회를 차 버린 것은 너희다. 베어라."

"자, 잠깐! 우리는 그저……."

푸학!

"끄아아악!"

곧바로 칼춤이 이어졌다.

기사들은 람파스 영지에서처럼 반항하는 놈들의 목을 잘랐다.

피가 사방으로 튀었음에도 백성들은 두려워하지 않았다.

오히려 시원함을 느꼈다.

부패한 영주 밑에서 한자리 해 먹었다는 것은 콩고물이 많이 떨어졌다는 뜻이다.

윗물이 맑아야 아랫물이 맑은 것처럼, 그 반대의 경우가 되면 관리들은 고삐 풀린 망아지처럼 수탈을 감행한다.

그런 수탈의 주범들이 가차 없이 죽어 버렸으니, 세상이 바뀌었음을 새삼 실감하게 되었다.

카온의 처벌은 여기서 끝나지 않았다.

자비를 베풀 때에는 자애로움(?)을 보여 주겠지만, 죄인 따위가 조금이라도 기어오르려 한다면 완전히 싹을 잘라 버려야 한다.

이는 앞으로의 통치와도 연관성이 있는 일이었다.

"방금 반대의 목소리를 낸 귀족의 가족들은 모조리 노예로 만들어 광산에 처박는다. 또 지껄일 놈이 있으면 말해라."

"이건 너무 가혹한……."

퍼억!

카온의 바로 근처에서 입을 놀린 놈이었기에 직접 머리통을 쪼개 버렸다.

사실 이름도 모른다.

이름 있는 행정관이라면 몰라도 원작에 언급조차 되지 않았던 일개 가신 따위야.

반발하려 준비하던 놈은 뇌수가 줄줄 흐르며 눈을 부릅뜬 채 죽었다.

"또?"

"……."

이제야 모두 입을 다물었다.

한마디라도 튀어나오면 바로 머리통을 날려 버리는데, 제정신이 박힌 놈이라면 반항할 수 있을 리가 없었다.

주변이 조용해지자 카온은 다음 명령을 내렸다.

"비델로스, 경이 직접 병력을 이끌고 저들의 재산을 털어 내라. 자진 납세한 것보다 밀 한 톨이라도 더 나오면 모조리 노예로 만들어라."

"예, 주군!"

"비델로스······!"

아르칼의 가신들은 심한 배신감을 느꼈다.

원래부터 동료애가 깊다고는 볼 수 없는 사이였지만, 그래도 이렇게까지 배신할 줄은 몰랐기 때문이다.

카온은 영주성으로 돌아가다가 뭔가 생각났다는 듯 덧붙였다.

"저따위로 조금이라도 반항하려는 놈이 있다면 그와 가족들 역시 노예로 만든다."

"명을 받듭니다!"

카온은 이곳에서 이틀을 보내며 아르칼 가문의 재산들을 정리했다.

줄줄이 올라오는 보고서에 기가 막힐 지경이었다.

"천만 골드 추측이라고?"

"더 있을지도 모릅니다!"

미첼은 굉장히 기쁜 얼굴로 보고했다.

영지 하나를 털었더니 그 재물이 상상을 초월할 지경이

었다.

물론 이걸 카온이 전부 먹을 수 있는 건 아니었다.

"황실로 보낼 재물은 준비했겠지?"

"300만 골드에 해당하는 물건들을 준비했습니다."

"그 정도면 별다른 말이 나오지 않을 거야."

원래 반란을 진압하면 거기서 나오는 재물은 황실에 보내야 한다.

원칙상 제국의 모든 땅은 황제의 것이었으며, 계약에 따라 봉토를 하사하였을 뿐이다.

처음 제국이 형성될 당시에는 지금처럼 도로가 정비된 것이 아니었으므로 간접적으로 지배할 수밖에 없기에 생긴 제도였다.

이제 와서 제도 자체를 뒤엎을 수는 없어도 원칙은 무시할 수 없다.

봉토에서 반란이 일어났으니 계약은 해지된 것으로 보았고, 여길 탈탈 털어 내면 당연히 황궁으로 모든 자산이 옮겨 가야 한다.

반란을 진압하고 나면 해당 지휘관에게 많은 콩고물이 떨어지는 것은 이 과정에서다.

황실도 어느 정도 진압군의 공을 인정해 약간(?)의 재물을 챙기는 것은 눈감아 주었기 때문이다.

물론, 아무리 반란을 일으킨 영주가 재물을 축적하는데

눈깔이 돌아갔어도, 천만 골드 이상의 부를 독점했다고는 상상도 못 하겠지만.

뜯어 낸 돈의 3할 정도만 보내도 책잡힐 일은 없다.

"이 정도 자금을 재투자하면 빠르게 군을 재건할 수 있을 것 같다. 북방군의 상태는 썩 좋은 편이 아니야."

"공감합니다. 지금까지 얼마나 해 먹었으면 제대로 된 병장기도 없습니다. 그대로 두었으면 자연스럽게 반란이 일어났을걸요."

절로 눈살이 찌푸려지는 일이다.

미첼이 황실 기사였기에 그리 느끼는 것은 아니다.

북방 사령관으로 부임하는 제후는 철새인데다, 북방군 자체가 죄인들로 이루어져 있어, 사람 취급을 잘 하지 않았다.

악재가 겹치다 보니 언제 무슨 일이 터져도 이상하지 않을 지경이 된 것이다.

똑똑.

카온이 미첼과 대화할 때, 비델로스가 들어왔다.

"전하! 역도들의 재산을 털어 낸 결과, 추산하기로 500만 골드 이상일 것으로 보입니다."

"……."

"이 미친놈들."

카온은 할 말을 잃었다.

아무리 봉건제 국가에서 제후가 해당 지역의 왕이라지만 이건 정도를 지나쳤다.

부패한 왕과 신하.

고통 받는 백성들.

전형적인 클리셰였으나 이 지역에 은광이라도 하나 있었기에 그나마 버티고 있었던 것으로 보인다.

"죄인들은 은광으로 보냈나?"

"예."

"그곳으로 간다."

"굳이 직접 행차하실 필요는 없습니다. 썩 보기 좋은 모습이 아닌지라……."

비델로스는 식은땀을 흘렸다.

백성을 노예로 만들어 은광에서 죽도록 굴렸으니, 그 환경이 좋을 리 없었다.

매일 사망자가 나온다고 하니 말 다했다.

"민심은 곧 천심이다."

'그런 클리셰가 있지.'

중세 봉건제 국가에서는 딱히 민심이 천심이라는 말이 적용되지 않는 경우도 많았다.

각 영주들이 강력한 군사력으로 백성을 억누르고 있었기 때문이다.

제국 중부에서 발생한 반란이 조금 특이한 케이스인 것

이다.

어쩌면 원작 소설 전반부에 적용되고 있는 클리셰인지도 모른다.

"과연……! 전하께서는 성군의 자질이 있으십니다."

비델로스는 손바닥을 비비며 아부했다.

카온은 공식 후계자 후보이며, 2황자와 경합 비슷한 경쟁을 하는 중이다.

황태자가 멀쩡하던 시절이라면 경을 칠 말이었지만, 지금에 이르러서는 대대적으로 광고를 해서 어필하는 건 그리 나쁘지 않은 전략이었다.

그러니 비델로스의 아부를 굳이 말리지 않은 것이다.

아르칼 은광.

사실 이건 공식적인 명칭도 아니다.

언제라도 주변 영지와 영토 분쟁을 일으킬 수 있는 소지가 있었으므로 지금껏 비밀리에 광산을 개발해 왔던 것이다.

그러다 보니 바깥에 숙소를 지을 수도 없었고, 화장실조차 내부에 대충 만들었다.

씻는다는 것은 꿈도 꾸지 못하였으며, 광산 내에 모든 시설이 있었다.

'코가 썩을 것 같군.'

예상은 했지만 최악의 환경이었다.

지금의 기술로는 빠르게 채굴할 수가 없었으므로 광산이 그리 깊지도 않아 썩은 냄새가 입구부터 진동을 하고 있었다.

그 안에서 일하고 있는 자들의 상태는 더욱 끔찍했다.

빼빼 말라 언제 죽을지 모르는 상태였다.

햇볕을 오랜 시간 보지 못하여 창백했으며 대부분 병색이 완연했다.

"장계를 올릴 때 영지 경계선을 확고하게 해야겠다."

"여, 영명하십니다. 그렇게 하시면 굳이 비밀스럽게 채굴할 필요가 없어집니다."

카온은 아예 본격적으로 은광을 개발하려 했다.

아르칼 자작도 바보가 아닌 이상, 대놓고 개발하는 것이 더 많은 은을 채굴할 수 있다는 사실을 알았을 테지만 그놈의 영토 분쟁이 문제였다.

분쟁지에 떡하니 은광이 있다?

주변 영주들이 8대조 시절의 지도까지 들먹이며 영지전을 걸 것이다.

잘못하면 혼자 고립되어 죽을 수도 있었으니, 극도로 조심했던 것이 당연하다.

하지만 황자가 나서서 정확하게 영토에 선을 그어 버린다면 말이 달라진다. 황제의 승인까지 있다면?

괜히 건들었다가는 반역이 될 수 있었으므로 모든 상황은 정리된다.

'이런 때 보면 권력이 좋기는 하지.'

이곳에서 채굴되는 은의 양은 많지 않았다.

딱 아르칼 자작이 사치를 부릴 수 있는 수준이었으며, 그 혜택은 당연히 백성들에게 돌아가지 않는다.

고작 한 해 수입이 100만 실버 정도라고 하니, 금화로 치면 10만 골드다.

대대적으로 개발하기 시작하면 최소한 그 3~4배는 은이 나올 것이라 예상할 수 있었다.

카온은 은광 지하 관리자 숙소 앞으로 노동자들을 불러 모았다.

꾀죄죄한 몰골에 어마어마한 썩은 냄새가 진동했지만, 초연한 모습을 보이는 것이 당연하다.

"지금까지 고생했다."

"……!"

또 무슨 일인가 싶어 휘적휘적 모였던 노동자들의 눈동자가 사정없이 흔들렸다.

아무런 희망도 없던 삶이었다.

고리대를 쓰는 바람에 노예로 전락하고 이 꼴이 되었으니, 도저히 구제의 방법이 없다고 여긴 것이다.

그게 영주와의 계약인 이상은 벗어날 수 있는 길이 없었다.

기적이 일어나 3황자가 이곳을 찾기 전까지는.

"너희는 이면 계약서에 속아 노예가 됐고 광산에서 일했다. 하나 그것은 모두 불법. 이런 극악한 일을 주도한 영주 가문은 멸문했고, 가신들의 목도 쳤다. 살아남은 자들도 상당수가 노예가 되어 이 광산에 처박히게 될 것이다."

강렬하게 끓어오르는 감정.

카온의 피부가 따끔거릴 지경이었다.

웅성웅성.

"너희는 해방이다. 몇 달 정도 기밀만 지키면 본 황자의 영지 어디에서든 살 수 있게 할 것이다. 또 하나의 선택지는 이 광산의 감독관이 되어 너희를 그토록 괴롭혔던 놈들을 부려 먹는 것이지. 내게 시간이 많지 않은 관계로, 한 시간을 주겠다. 선택하도록."

광산 노동자들이 한자리에 모였다.

한평생 희망도 없었던 그들이다.

먹고살기가 힘들어 밀을 빌렸으나 다음 해에 몇 배로 불어난 이자를 감당하지 못해 노예가 됐다.

당장 굶어 죽느니 허기라도 면하자는 생각에서 빌렸으나 갚을 때가 다가오니 지옥이었다.

그마저도 햇밀로 갚아야 했으니 이미 죽어 버린 영주의 시신에 돌이라도 던지고 싶은 심정이었다.

그러나 그들이 노예가 된 것에는 전대 영주의 잘못만 있는 것은 아니다.

그 중간 관리들의 착복도 한몫했다.

밀을 빌릴 당시에는 이자가 월 10% 수준이라고 들었지만, 막상 계약에 들어가면 중간에 관리들이 이면 계약서를 작성해 월 이자를 20~25% 수준으로 올려 받았다.

이 사태를 만든 영주도 사악한 놈이었지만, 관리들도 만만치 않았다는 뜻이다.

노예로 신분이 떨어진 후에도 농장에서 농사나 지었다면 눈에 독기가 이렇게까지 서리지는 않았을 것이다.

문제는 노예가 된 이후, 가족들까지 깡그리 광산에 처박혔다는 것이다.

광산에 들어오고서는 지옥의 연속이었다.

"그놈들 때문에 내 처자식이 죽었습니다!"

"복수할 수 있는 정당한 명분을 황자께서 주셨는데 이걸 놓쳐야겠습니까? 어차피 우리는 오래 살지도 못합니다."

웅성웅성.

신원을 회복한 이상, 그들은 더 이상 노예가 아니었으나 여기서 일하던 사람 중에서 가족 하나 잃지 않은 자가 드물다.

조금이라도 느리게 움직이면 바로 채찍이 날아왔다.

반항이라도 했다가는 더욱 가혹하게 매질을 하며 시름시름 앓다 죽기는 예사였다.

영주·휘하 가신들은 각자 돌아가며 광산을 찾아와 감독관을 닦달하였으니, 그 고통이란 이루 말할 수 없었다.

백성들은 이를 갈았다.

"제이슨 님! 저는 이곳에 남아 복수하렵니다."

"저도요."

"저는 밖으로 나가겠습니다."

찬반이 갈리긴 했다.

애초에 가족이 없거나, 이런 가운데에서도 밖으로 나가 희망을 찾으려는 자들도 있었다.

하지만 그 숫자는 적었다.

복수에 눈이 뒤집힌 것이다.

노동자 대표 격인 제이슨 역시 복수를 하기로 다짐했다.

"내 어린 딸이 감독관의 수발을 들지 않는다는 이유로 죽었다. 그것도 처참한 상태로 말이야."

"……."

어디 노동만 문제일까?

인권이라는 개념조차 없는 이곳에서 젊은 여자들은 모두 감독관의 노리개일 뿐이었다.

거부하면 죽음.

그런 식으로 죽은 여자들이 셀 수도 없었다.

이제 가족의 넋을 달래기 위해 관리와 그 가족을 수탈한다.

"전하께 갑시다!"

"피의 복수를!"

노동자들이 결의했다.

'반응이 꽤 거센데?'

카온은 복수에 꽤 긍정적인 사람이다.

가족들이 눈앞에서 억울하게 죽는 과정을 직접 담은 가장이라면 상대방을 죽여 버리고 싶은 것이 인지상정이다.

특히 딸을 가진 아버지들은 복수심을 극도로 불태웠다.

그뿐이랴.

아름다운 아내를 가졌던 남편들도 피눈물을 흘리고 있었으니, 아르칼 자작을 너무 쉽게 죽여 버린 것이 아니었나, 아쉬움이 있었다.

"복수에 가담하기로 했나."

"밖으로 나가겠다는 자들도 있었습니다."

"기회를 주겠다. 하나 저런 쓰레기들은 쉽게 죽어서는 안 된다. 매우 고통스럽게 천천히 죽여야지. 그들을 죽도록 부려서 생산량을 초과 달성한다면 그중 3%를 지급하겠다."

"……!"

주변이 술렁거렸다.

여기가 은광이라는 것을 생각하면 매우 후한 조건이었다.

복수만 해도 족하다고 생각하고 있었는데, 목표량을 초과할 시에 인센티브를 지급한단다.

대놓고 은을 캐기 시작하면 생산량은 당연히 증가할 터.

그리고 카온은 그 이상의 미래를 그리고 있었다.

"앞으로 은광에 많은 노동자들이 밀려올 거다. 죽어 마땅한 죄인들은 죄다 광산에 처박힐 것이니, 너희들의 보상은 더욱 커질 터. 돈을 모아 나가면 새로운 삶을 꿈꿀 수도 있다."

쿵!

노동자들이 무릎을 꿇고 머리를 조아렸다.

모두 눈물을 흘리고 있었다.

"이 크신 은혜를 어찌 갚아야 할지 모르겠습니다!"

"은혜를 갚고 싶다면 가혹하게 수탈해라! 저들이 너희에게 했던 이상으로 밀어붙여라. 쉽게 죽지 않도록 식사는 두둑하게 제공할 것이니, 단칼에 죽이지 않는 선에서는 모든 권한을 위임할 것이다."

"전하……!"

"열심히 해라."

"부디 황제 폐하가 되시길 바랍니다!"

"그러마."

백성들의 지지.

원래 변화라는 것은 이런 작은 일(?)에서부터 시작된다고 원작 소설에 나와 있었다.

민심을 다스리는 것이 나중에 얼마나 큰 효과를 가져다줄지는 알 수 없었지만, 원작이 정해 놓은 법칙이었으니 인기가 높아져 나쁠 것은 하나도 없었다.

카온은 광산을 끝으로 아르칼 영지에서의 일을 마무리했다.

그로부터 한 달 후, 끔찍한 소식이 전해지기 전까지는 매우 평온한 하루하루를 보냈다.

제국 황실.

제법 안정되고 있는 북방과 다르게 제국 내부의 상황은 복잡하게 돌아가고 있었다.

황태자는 결국 회복하지 못하고 더욱 상태가 악화되었으며, 황제의 건강도 계속 나빠지고 있었다.

이런 가운데 중남부에서 일어난 반란은 진압될 기미가 보이지 않고 지지부진했다.

장계를 받을 때마다 역도들이 늘어났다는 소식만 들릴 뿐이니, 황제의 입장에서는 환장할 노릇이었다.

뒤숭숭한 가운데 설상가상으로 중남부에서 다시 폭탄이 날아왔다.

"패전이라고!"

"송구하옵니다! 2황자께서 패주하셨으며, 여전히 피해는 집계되지 않고 있사옵니다. 대략 피해는 50% 정도로 추산……."

정보부의 말에 황제는 피가 거꾸로 치솟는 기분이었다.

지금까지 반란군에 꼬라박은 병력이 몇 만인가?

중앙군 5만에 영지군 5만이었다.

총 10만이나 되는 병력이면 충분히 진압할 수 있으리라 봤는데, 진압은커녕 지지부진하게 군량만 축내더니 결국 대패했던 것이다.

쾅!

"지금 그걸 말이라고! 쿨럭!"

"폐하!"

황제는 결국 피를 토했다.

주위의 대신들이 기겁했다.

황제의 건강이 좋지 않다는 것은 알고 있었지만, 한 번도 회의 중에 피를 토한 적은 없었기 때문이다.

"끄으윽."

황제가 잠시 진정하고 다시 자리에 앉았을 때, 2황자의 장인인 갈레스 후작이 앞으로 나왔다.

"폐하! 반군의 숫자가 물경 7만을 헤아리고 있다고 하옵니다! 지금이라도 군을 더 편성하여 보내야 합니다."

"그런다고 막을 수 있겠소?"

"뭐요!?"

웅성웅성.

공식은 아니지만, 3황자 지지자로 알려진 바이스 후작이 빈정거렸다.

당연히 정계는 개판이 됐다.

이런 가운데서도 황태자 파벌은 입을 다물고 있었다.

황태자는 위독하고, 황손이 없는 상태였다.

내심이 복잡해 그냥 손을 놓고 만 것이다.

"그만! 경들은 싸우는 것 말고는 할 줄 아는 것이 없나? 내가 이러니 편히 눈을 감지 못하는 것 아닌가!"

"죽여주시옵소서!"

"닥치게!"

"죽여주십시오!"

황제는 머리를 짚고 한참이나 울화를 다스려야만 했다.

수석 신관도 극한의 업무 강도 때문에 휴식을 취하라고 당부했다.

그러나 상황은 그럴 수가 없었다.

'갈수록 정쟁이 심해지니 나라가 절단 나겠구나.'

황제는 한숨을 내쉬었다.

어떻게든 자신이 살아 있을 때 내부를 정리해 주어야 한다.

문제는 어디서부터 어떻게 손을 대야 할지 감도 잡히지 않는다는 점이다.

황태자와 황제가 쌍으로 죽어 버리면 제국은 100% 내전에 빠지게 된다.

다들 심각한 표정을 짓고 있을 때, 장계가 도착했다.

"폐하! 북방에서 온 장계입니다!"

"장계?"

"북방에서 반란이 일어났으며, 3황자께서 진압하셨다고 합니다."

"……!"

깜짝 놀란 황제는 자리에서 벌떡 일어났다.

신하들도 놀라기는 마찬가지였다.

북방에서의 반란?

제국 중부 지방까지는 어떻게든 감당할 수 있다.

내부에서 일어난 일이었기 때문이다.

하지만 변경이 뚫리면 대참사가 벌어진다.

북방은 가뜩이나 이민족과 몬스터가 들끓는 지역이었는데, 반란이 일어나 국경을 비워 버리면 제국은 안팎에서 대혼란이 일어날 수밖에 없었다.

그걸 3황자가 막았다는 것이 아닌가.

"그게…… 정말인가?"

"반란을 일으킨 아르칼 자작은 참수됐고, 그 가족들은 줄줄이 엮여 가두었다고 합니다. 반란에 직접적으로 개입하였던 자들은 법률에 따라 즉결 처분하였으나 어쩔 수 없이 동참한 자들은 북방의 특수한 사정을 고려할 때, 관대한 처분을 내려 재배치를 하면 어떻겠냐고 전하께서 청했습니다."

"참으로 다행이로다."

황제는 한숨을 내쉬었다.

실패했다고 생각하면 모골이 송연할 지경이었다.

자신의 대에서 제국이 끝장날 수도 있었던 상황이다.

반란이라는 것은 중앙 정부의 힘이 약해지면 더욱 거세게 번지는 특성이 있었다.

북방까지 못 막았으면 서부, 동부로 확산될 수도 있었으니 굉장한 공로다.

"또한 3황자께서는 반란의 근원지인 아르칼 영지로 바로 쳐들어가서 토벌을 완료했습니다. 이에 선 조치 후 보고를 한다는 내용입니다."

"하하하!"

황제는 간만에 크게 웃었다.

돌이켜 보니 신적인 존재가 그를 조종해 3황자를 사지로 몰아넣었던 것은, 강력한 통치자를 제국에 등장시키기 위한 사전 작업이 아니었나 싶다.

신의 개입이 아니었다면 3황자가 저렇게 능력을 펼칠 필요가 있었을까?

"정말 맹랑한 녀석이군. 그토록 능력이 출중함에도 바보로 살아가고 있었다니."

"……."

"이해는 된다. 처신을 잘못한 황족이 어찌 되는지 오래

전부터 깨닫고 있었던 것이지."

황제의 고평가에 2황자 세력은 소태 씹은 얼굴이 되었다.

3황자는 승전했고, 2황자는 패배했다.

더욱이 3황자는 지금 중부에서 일어나고 있는 반군을 한 번 격파하고 그 근원지를 점령하는 기염을 토했던 것이다.

명백하게 차이가 보일 수밖에.

"녀석의 요청을 모두 들어주고 이번에 정벌한 아르칼 영지를 영구 하사한다."

"으음!"

2황자 파벌은 침음을 흘렸다.

막을 수 있는 명분이 없었다.

북부의 반란을 진압하였다면 이 정도는 해 줘야 정상이었기 때문이다.

보급 사령관 집무실.

야심한 밤에 바이스 후작은 깊은 생각에 잠겨 있었다.

"이건 기회다."

지금껏 바이스 후작은 약간이나마 3황자의 능력에 대해 의문을 품고 있었는데, 조건부로 지지한다는 것도 그런 의심 때문이었다.

그러나 오늘, 3황자는 거하게 공을 세웠다.

2황자가 패전하는 바람에 두 황자의 차이는 확연하게 보였다.

대권에 조금이라도 더 가까워진 것이다.

어떻게 하면 중앙에서 3황자를 지원해 줄 수 있을지 고심하고 있을 때, 손님이 찾아왔다.

"후작 있나?"

"랭파인 공작님?"

바이스 후작은 상관에 대한 예를 갖추었다.

나이가 얼마나 들었건 이곳은 군대였기에 군례를 취하는 것이 마땅했다.

야밤에 총사령관이 찾아왔다는 것은 밀담을 나눌 일이 있다는 뜻이다.

대충 예상은 됐다.

'황태자는 곧 죽을 것이다. 그리되면 황태자 파벌은 허공에 뜨게 되니 손을 잡자고 말하려는 것일지도.'

마음의 준비를 하고 있었는데, 랭파인 공작은 그보다 더 한 파격적인 제안을 해 왔다.

"3황자 전하를 토벌군 사령관으로 밀도록 하세."

"예!?"

바이스 후작은 깜짝 놀랐다.

3황자를 중남부 토벌군 사령관으로 다시 한번 민다?

바이스 후작 혼자라면 불가능한 안건이지만, 랭파인 공

작이 가담하면 말이 달라진다.
 당연히 후작은 찬성하는 쪽이었다.
 "그래 주신다면 저야 감사한 일입니다만……."
 "그리 확정하지."
 '이 인간, 약이라도 했나? 눈깔이 영…….'
 누가 봐도 랭파인 공작은 제정신이 아니었다.
 전에 황제에게서 보았던 광기가 눈에 고스란히 서려 있었다.

 아슬아슬하게 나무에 붙어 있던 낙엽까지 모두 떨어졌다.
 제국 전역이 겨울로 접어든 가운데, 유독 북방의 날씨는 더욱 매서웠다.
 매일 칼바람이 몰아치고 있었으니, 모두가 두텁게 옷깃을 여몄다.
 평소라면 추위로 영지가 마비되는 것이 정상이었으나, 카온이 부임한 북방은 매일 활기가 돌았다.
 대량의 돈을 풀어 버리면서 여러 공사도 함께 진행하고 있었기 때문이다.
 공공사업은 오전 9시부터 오후 5시까지만 한다.
 노동 시간이 짧은 데다 3끼 꼬박 식사도 챙겨 주고 임금을 주었으니, 카온의 인기는 날이 갈수록 높아지고 있었다.

내부를 숙청하고 세율을 낮추며 수탈을 하지 않고 굶어 죽지 않을 정도만 정책을 썼음에도 성군의 자질이 있다며 칭송했다.

반대로 말하면, 제국 전체에 수탈이 성행하며 백성들은 먹고살기가 힘들다는 뜻이다.

카온도 열심히 일했지만, 굳이 관여하지 않아도 되는 사소한 일들은 가신들을 갈아 넣었다.

뭔 놈의 일이 조선 시대 국왕의 집무처럼 쌓여 있었으니 절대 권력을 쌓는다고 나대다간 스트레스로 죽었을 것이다.

다만, 군권은 확실하게 장악한다.

감찰을 강화해 매의 눈으로 비리가 없나 살피니, 그럭저럭 행정도 잘 돌아가는 중이다.

카온의 일과는 오전에 수련, 오후엔 집무였다.

오늘도 마찬가지였다.

그의 검에서 선명한 푸른빛이 발현되어 다수의 기사들을 날려 버렸다.

콰과광!

"커억!"

"컥!"

얇은 옷 한 장만 걸치고 수련하고 있음에도 춥지 않았다.

경지가 한 단계 더 발전한 것이다.

처음 부임했을 때만 해도 중급 기사 정도의 실력을 갖추고 있었다면, 지금은 상급 기사 정도는 됐다.

이만하면 웬만한 영지의 기사단장 급.

박수갈채가 쏟아졌다.

짝짝짝!

"감축드립니다. 머지않아 마스터 칭호도 가능하겠습니다."

카온의 발전을 가장 반기는 사람은 그의 스승인 체스터 경이었다.

보통 스승이라고 해도 가문의 비기는 잘 알려 주지 않는 법이었는데, 그는 전혀 아낌이 없었다.

어차피 가문이 망했다고 생각해서인지 카온은 물론이고 휘하 기사들에게 검술을 베푸는 것을 도무지 아까워하지 않았다.

카온이 황실에서 독립했기에 당연한 일인지도 모른다.

내전이 일어나 죽음에 이르지 않고서야 카온의 봉신으로 작은 영토라도 받아 가문을 새롭게 시작할 수 있었으니.

"후우……."

카온은 숨을 몰아쉬었다.

이 추운 날씨에 얇은 옷도 벗어 버렸다.

그동안 키도 컸고, 온몸에 근육이 가득했다.

체스터를 비롯한 기사들은 경탄해 마지않았지만, 정작

본인의 속은 썩어 들어가고 있었다.

'작가 새끼가 또 무슨 일을 꾸미고 있지?'

보름 전에 갑자기 검술의 경지가 올랐다.

전에는 기본 검술만 각인됐다면, 이번에는 기본기를 응용할 수 있는 검술이 함께 각인됐다.

마력의 양이 폭발적으로 증가하기까지 하였으니, 작가의 개입이 있으리라 충분히 예상할 수 있는 것이다.

문제는 그 보름 동안 한 번도 징조가 보이지 않았다는 것이다.

불안하기 짝이 없는 일상이었다.

"아직 멀었다. 이 정도로 2황자의 목을 칠 수 있겠나?"

"지금 당장은 무리더라도 머지않아 가능할 것으로 보입니다. 2황자도 마스터 칭호는 받지 못하였으니까요."

검술의 천재라고 불리는 2황자.

다른 부분은 몰라도 검술에 있어서만큼은 어마어마한 실력을 갖추고 있었다.

카온은 놈의 실력을 뛰어넘어서야만 안심할 수 있을 것 같았다.

오전 수련을 마치고 가볍게 오늘 처리할 일에 대해 회의를 하고 있을 때, 황실에서 사람을 보내왔다.

"전하! 오랜만에 뵙습니다!"

"가로스 경 아닌가? 전령을 보내도 될 일을 왜 직접 왔나?"

"그만큼 중요한 일이기 때문입니다."

촤악!

카온은 황실이 있는 남쪽에 군례를 취하고는 칙서를 폈다.

[……위와 같은 업적을 치하하노라. 네 요청은 모두 가결되었다. 명확하게 영토의 경계를 측정하여 네 땅으로 삼을 것을 명한다. 아르칼 영지도 마찬가지이며, 영구적인 땅으로 내릴 것이니 더욱 정진하라. 마지막으로 덧붙일 말은 지금 황궁에서 반군 토벌 사령관으로 너를 제수시키는 것에 대해 논의 중이니 마음의 준비를 해라. 웬일로 랭파인 공작이 너를 지지하고 있으니 머지않아 가결이 될 것 같다.]

"……!"

카온은 그 자리에서 휘청거렸다.

"전하! 괜찮으십니까?"

"주군, 무슨 일인데 그러십니까?"

"잘못하면 내가 토벌군 사령관으로 발령 날 것 같다."

"오오! 그거 좋은 일 아닙니까!?"

"이번에도 공을 세울 수 있을 겁니다!"

기사들은 기뻐했지만, 카온은 웃을 수 없었다.

이건 작가의 농간이었다.

뭔가 있을 거라고는 분명히 생각하고 있었지만, 이런 식으로 뒤통수를 후려치리라고는 상상도 못 했다.

반군 토벌?

이건 농민을 쳐서 부수거나 계책으로 북방의 반란을 진압한 것과는 상황이 달랐다.

적은 정예군이 7만이다.

토벌군은 고작 5만이 남았으며, 이마저도 얼마나 줄어들지 알 수 없었다.

제국 사정에 10만 이상의 병력을 동원할 수 있을 리 만무했다.

나라가 풍전등화에 처하지 않는 이상, 무리한 동원은 가뜩이나 추락하고 있는 황권을 나락으로 처박을 수 있었다.

"기뻐할 일만은 아니다. 2황자 놈이 멍청한 새끼인 것은 맞지만, 나름 아카데미를 수석으로 수료했지. 반군 중에서 뛰어난 책사가 있다는 뜻이며, 훈련 상태도 점점 발전하고 있다는 의미다."

"전하께서 가시면 신묘한 계책으로 적을 제압할 수 있을 겁니다!"

"……."

미첼 경의 말에 다들 고개를 끄덕였다.

지금까지 카온이 한 번도 실패하지 않았기에, 일종의 고정 관념 같은 게 생긴 듯했다.

카온이 고심하고 있을 때, 가로스 경이 첨언했다.

"북방 외교권까지 일임한다는 폐하의 분부가 있으셨습니다. 이제 전하께서는 공식적으로 북방에 세력을 가지게 되신 겁니다. 축하드립니다."

"하……. 이게 축하할 일인가? 장벽 너머에는 여러 이종족과 야인이 설친다. 저길 안정시키는데 얼마나 많은 힘이 들어갈까."

"허허허! 전하께서는 잘하실 거라고 폐하는 믿고 계십니다."

"끄응."

외통수다.

황제는 두 황자를 평가하고 있었다.

2황자가 실패한 이상 카온에게 거는 기대가 커질 터였다.

황제에게 작가가 개입했고, 그걸로 카온이 승승장구하고 있었으니 괜히 헛바람이 들어갔을 수도 있다.

이래저래 카온에게는 좋지 않은 상황이었다.

"폐하께 전하실 말이 있으십니까?"

가로스 경의 눈이 반짝였다.

선택의 여지는 없다.

"황실에서 논의가 되는 동안 나는 최대한 방벽 너머의

적을 상대하며 힘을 빼놓을 것이라고 전해라."

"예, 전하! 무운을 빕니다!"

가로스 경은 쉬지도 않고 바로 떠났다.

황제로부터 특명을 받아 최대한 빠르게 명령을 전달하고 답을 받아가야 하는 것 같았다.

웅성웅성.

전령이 물러가자 내부에서 토론이 격렬해졌다.

카온의 속이 썩든 말든 기회임은 틀림없었기 때문이다.

"한겨울에 군을 움직이는 것이 좋지 않은 일이지만 어쩔 수 없다."

다들 카온의 말에 공감했다.

황실에서는 봄에 카온을 불러들일 것이다.

겨울에 장벽 너머 적들을 뭉개 놓지 않으면 카온이 남쪽으로 내려가는 것을 틈타 적이 침입할 수 있었으니 겨우내 밟아 놔야 한다.

카온을 괴롭히지 못해 안달 난 작가 놈이라면 그러고도 남는다.

"최정예 1만을 선발한다. 선발된 병사들에게는 대량의 전리품을 약속하라. 이번 겨울에 야만인 놈들과 결착을 짓는다."

"바로 전쟁을 준비하겠습니다!"

가신들은 전쟁을 결심하는데 전혀 거리낌이 없었다.

풍부한 자금을 바탕으로 최근에는 병력을 4만까지 증강했다.

그중 1만을 장벽 너머로 보내는 일은 전혀 무리가 아니었다.

출정일이 잡혔다.

앞으로 3일 후, 장벽을 넘어 야만인을 공략한다.

카온은 밤이 깊도록 지도를 펼쳐 놓고 어떤 식으로 적을 공략해야 할지 고심하고 있었다.

"야만인들은 크게 3개의 세력으로 구성되어 있다지. 남부, 중부, 북부."

장벽 너머를 고원이라 불렀고, 그 고원은 3등분할 수 있었다.

고원 주변으로 여러 이종족이 포진하는 형세였으니, 놈들의 사정도 개판이라 할 수 있었다.

한 가지 다행스러운 점은 작가가 숨통 하나는 틔워 두었다는 것이다.

야만인은 크게 3개의 세력이지만, 그 안에 또 여러 세력으로 나뉜다.

이 점을 잘 활용하면 고원 남부는 어떻게든 공략할 수 있을 것 같았다.

"야만인이 약탈에 나서는 이유는 식량 때문이지."

식량을 교역하게 한다면 카온에게 동조하는 족장도 꽤 많이 나올 것이다.

고원 남부 야만인을 세력권에 넣으면 앞으로 몇 년은 잠잠하지 않을까?

방금 생각한 전략을 토대로 세부 전략을 세워 나가던 도중에 카온은 체스터 경의 방문을 받았다.

"찾으셨습니까?"

"앉아라."

카온은 잠시 지도에서 눈을 뗐다.

그는 벽난로 가까운 곳으로 체스터 경을 데려와 차까지 대접해 주었다.

체스터는 황송하다는 얼굴로 차를 마셨다.

"요즘 고생이 많다."

"아닙니다. 해야 할 일을 할 뿐이지요."

팔방미인 체스터 경은 영지 내 사무를 돕는 것은 물론, 기사단을 훈련시키고 병사들을 어떻게 다루어야 하는지도 경험을 베풀고 있었다.

카온이 명령을 내리면 어려운 일도 전혀 빼는 법이 없었으니, 체스터 경을 얻은 천운이 따로 없었다.

이 역시 작가 놈의 실책이긴 했지만.

"전에 경의 경지를 회복시킬 수 있는 비약이 북쪽에 있다고 말했던 것을 기억하나?"

"예."

"야만인들은 엘프족을 붙잡고 있다. 그들은 소생의 비술을 가지고 있지. 죽은 자를 살려 낸다는 의미는 아니고, 강력한 회복력을 가진 비약을 완성할 수 있다는 뜻이다. 그중에는 깨진 마나 홀을 복원하는 방법도 있다. 다만 재료를 얻기 위해서는 세계수의 잎사귀가 들어가니 쉽지 않다는 말을 했던 것이고."

"그렇군요."

"이번에 야만인을 치면서 엘프족을 구출하고 그들로부터 소생의 비술을 받는다. 야만인 놈들이 강력하게 엘프들을 통제하고 있다지만 세계수 잎사귀 하나 없겠나. 얻을 수 없다면 엘프 왕국에 쳐들어가서라도 잎사귀를 구할 것이다."

"……엘프 왕국이 실존합니까?"

"내가 보기엔 작은 부족 수준이지만 그들의 말에 의하면 실존한다고 한다."

"그, 그렇다면!"

"과정이 지난하겠으나 경의 회복은 가능하다."

체스터 경의 눈이 반짝였다.

경지를 회복하고 자신을 이 꼴로 만든 놈들을 향해 복수의 칼을 날리겠다는 일념으로 카온을 도왔다.

그것을 위해서라면 어떤 위험도 감수할 수 있는 것이 바로 체스터 경이었다.

"북진하는 병력 1만을 제외하고 5천을 따로 예비대로 두어라. 모레까지 할 수 있겠나?"

"반드시 해 보이겠사옵니다."

쿵!

체스터 경은 카온의 발치에 무릎을 꿇고 머리를 박았다.

"주군께서 베푸신 크신 은혜, 결코 잊지 않겠습니다."

"경의 일이 곧 나의 일이다."

카온은 매우 진지한 얼굴로 클리셰적인 발언을 날려 주었다.

이틀 후 아침.

카온은 뼛속까지 스며들고 있는 추위에 진저리를 쳤다.

육체 자체도 강해졌고, 마력을 운용하면 추위에 면역이 되지만 문제는 병사들이었다.

칼바람이 몰아치는 것이 족히 영하 20도는 될 것 같았다.

장벽을 넘어가면 영하 30도 수준으로 기온이 내려간다는 것이 원작의 설정이었다.

마음을 독하게 먹으면 못살 것도 없었지만, 거기서 전쟁을 치르는 것은 조금 다른 이야기였다.

카온은 명령을 받고 모여드는 병사들을 바라보며 한숨을 내쉬었다.

"전하! 준비가 끝났습니다."

눈 밑에 다크서클이 너구리를 연상케 하는 행정 관료가 보고했다.

그는 아르칼 영지의 관료였지만 앞잡이를 해 준 공로로 보급을 맡게 되었다.

행정 관료들이 쥐어짜는 것은 비단 비넬로스만이 아니었다.

북방에서 반역을 일으키는데 조금이라도 공조한 자들, 아르칼 영지의 자원까지 모조리 끌어와 갈아 넣고 있었다.

당장 구휼을 하고 인구 조사를 하는 것도 문제였는데, 여러 공공사업을 한겨울에도 일으키고 있다 보니 정시 퇴근이라는 개념이 삭제됐다.

아예 영주성에 그들을 상주시키면서 착즙기를 돌리고 있었으니, 카온으로서는 꽤 만족스러웠다.

"방한 대책은?"

"아이스트롤 가죽에 꽤 여유가 있었습니다."

"반역자 놈이 자기 영지로 가져가려 모아 두었던 것은 아니고?"

쿵!

"황공하옵니다."

북방 특산물 아이스트롤.

이곳에 부임했던 사령관들이 단골로 챙겨 가던 물건이

다.

훈련을 시킨다면서 병사들을 동원해 사냥하거나 야만인들과 밀무역을 하여 어떻게든 확보한 가죽을 비싼 값에 팔아 치우는 것이다.

욕심 많은 아르칼 자작은 대대적으로 밀무역을 행하여 야만인 놈들에게 식량을 퍼 주었으니 그들이 성장하는데 많은 도움을 주었다.

모든 일이 연결되어 있으니 비델로스가 고개를 조아리는 것이다.

"됐다. 지난 일이지."

"전하의 말씀대로 가죽은 모두 장화와 장갑을 만드는데 사용했습니다."

"고생했다."

비델로스는 고개를 숙이면서도 사실 이해를 잘 못 하고 있었다.

'북방에서 동상에 걸려 손가락 하나 잘리는 거야 흔한 일 아닌가? 그 비싼 아이스트롤 가죽을 순식간에 소모하다니. 이해할 수 없군.'

당연히 그 생각은 머릿속으로만 간직했다.

영지의 정당한 주인이 보유하고 있는 사치품을 사용한다는데, 행정 관료 따위가 태클을 걸 수 없는 노릇이기 때문이다.

카온이 갑옷을 갖추어 입고 나오자, 일에 치여 살고 있던 관료들도 하나둘 기어 나왔다.

성문 앞.

모든 가신과 상당수 백성이 모인 가운데, 카온은 병사들의 사열을 받았다.

"황자 전하께……!"

"충!"

상당한 정예병들이었다.

체스터 경이 고르고 골랐으며, 직접 훈련시키기도 했다.

전투에 이골이 난 북방군 위주로 편성했으며, 중간중간에 경험 많은 노병이 끼어 있었다.

이만하면 됐다.

체스터 경은 매우 가슴 벅찬 얼굴로 보고했다.

"총원 1만, 전하의 명령을 대기합니다!"

"출발한다."

"예!"

카온은 단순히 진군 명령을 내렸지만, 체스터 경은 굉장히 심혈을 기울여 병력을 운용했다.

밀집 대형을 유지해 조금이라도 바람에 병사들이 노출되는 것을 막는 것이다.

그 밖에 여러 가지 꼼수가 적용되고 있었으니, 체스터 경에게 진군 지휘를 맡긴 것은 현명한 판단이었다.

야전에서 수십 년을 구른 체스터 경에 비해 황실 기사들은 온실 속 화초처럼 검만 수련하고 살아 경험이 적었으니까.

진군 일주일째.
아무것도 없는 고원에 산세까지 험했다.
이따위 땅에 인간이 살아가고 있다는 것이 신기할 정도였다.
원작 소설에서 설명을 보긴 했지만 배경은 대충 넘기기 마련이다.
실제로 칼바람과 마주하니 카온마저 옷깃을 여미게 됐다.
병사들에게는 특별히 보급을 늘려 손과 발을 보호했으며, 망토와 내의도 제작했다.
그 때문인지 의외로 북방군 출신들은 잘 버텼다.
노병도 마찬가지였는데, 추운 지역에서 복무한 경험이 많을수록 어떤 식으로 자기 관리를 해야 하는지 잘 알았기 때문이다.
야영지를 꾸릴 때도 카온이 굳이 나설 필요가 없었다.
체스터 경이 알아서 진두지휘하였으며, 그 아래 노기사와 노병들은 찰떡같이 알아들었다.
북방군이야 원래부터 이곳이 안방이었으니 몸에 무리가

가지 않는 선에서 체온을 유지했다.

카온이 병력 손실을 최대한 줄이며 이동하는 것을 강조했기에 적들의 세력권까지 들어가는데 일주일이나 걸렸던 것이다.

그만큼 보급도 늘어지고 있었으니, 전쟁에 들어가면 속전속결로 처리한 후 돌아가야 한다.

두두두!

이른 아침.

밤새 찬 공기를 마셔 몸이라도 간단히 풀고 있었는데, 정찰을 나갔던 미첼 경이 헐레벌떡 달려왔다.

"주군! 적들이 몰려옵니다!"

"뭐!?"

"……!"

카온의 곁에서 함께 몸을 풀고 있던 기사들이 술렁였다.

적들이 몰려와?

지금 속도로 북진하면 최소한 3일은 걸려야 적 진영이 나온다.

출발하기도 전에 몇 번이고 확인했던 내용이다.

상식적으로 한겨울에 전쟁을 벌인다고는 야만인들도 생각하기 어려울 테니, 기습해 끝장을 낼 예정이었다.

미첼 경은 식은땀을 흘리며 보고했다.

"적의 움직임이 수상하다는 보고를 새벽에 받았습니다.

혹시 몰라 제가 직접 가서 확인을 한 것인데……."

"그런데?"

"그놈들 눈깔이 정상이 아닙니다."

미첼의 말에 의하면 선두에서 달려오고 있는 야만인 놈들은 마치 광기에 휩싸인 것 같다고 했다.

그 말을 들은 현지인들도 의아해했다.

야만인 놈들이 무식한 것은 맞지만, 생각이라는 것을 했으므로 밤에 이동하는 것은 지양했다.

지금은 한겨울.

그렇게 달려오다간 동상에 걸려 손발을 잘라야 할 수도 있었다.

그것도 모자라 밤새 진군을 해 왔다?

'작가 놈의 개입이군!'

카온은 확신했다.

심장이 뛰거나 하는 징조가 없었으나 짐작 가는 것은 있었다.

'작가 놈이 개입하면 반대급부가 주어진다. 이번에는 보상이 조금 후하다고 생각했는데, 두 가지 일을 진행하고 있었다니.'

카온의 이마에서도 식은땀이 흘렀다.

어째서 지금까지 작가는 한 번에 하나의 일만 진행할 수 있다고 여겼던 걸까?

개입에 비해 너무 많은 보상이 주어지면 의심을 했어야 한다.

"주군……?"

카온은 미첼의 말에 정신을 차렸다.

보는 눈도 많은데 지휘관이 어리바리한 모습을 보여서는 안 된다.

지금까지는 무패의 신화를 이어 가고 있는 그였다.

한 번이라도 패배하면 지배력이 약화될 터.

아직 북방군을 마음속에서 감화시키지 못하였으니, 이번 전투가 매우 중요한 분기점이었다.

"숫자는?"

"1만. 시간은 반나절 남았습니다."

여기서 말하는 반나절은 약 3시간이다.

뭔가를 하기에는 애매했다.

함정은 땅이 얼어서 팔 수 없었고, 목책을 세우기에도 시간이 부족했다.

결국 진형에 의한 전술과 기량으로 승부를 보아야 했다.

"필립 경! 경은 이곳 토박이라고 했나?"

"맞습니다!"

북방군 기사가 앞으로 나왔다.

토박이 기사라는 말은 수없이 야인 토벌을 해 봤다는 의미다.

놈들이 국경을 약탈하면 제국에서는 보복 차원에서라도 어쩔 수 없이 토벌군을 보내야 한다.

연례행사라고 할 수 있을 수준이었으니, 그라면 이 부근의 지리를 잘 알고 있을 것이다.

"여기 협곡 비슷한 지형이 있나?"

"협곡까지는 아니고 양쪽에 언덕이 있는 지형은 있습니다."

필립 경은 땅바닥에 대충 지도를 그렸다.

15년이나 북방에서 복무했다더니, 대략적인 지형을 머릿속에 꿰고 있는 수준이었다.

고작 반나절이라도 야영지를 걷었다가 펼치기에는 충분한 시간이다.

카온은 머리를 쥐어짜 냈다.

야만인 필승 전략.

원작의 주인공인 황태자가 어떤 식으로 야만인을 상대했는지는 대충 다 기억하고 있었다.

놈들은 작가의 농간으로 눈깔이 뒤집혀 있는 상태였으므로 맹목적으로 달려들 가능성이 높았다.

카온은 여기에 몇 가지 양념을 쳐서 전략을 완성했다.

설명을 모두 들은 기사들은 감탄했다.

"완벽하다고는 볼 수 없으나, 지금 상황에서 할 수 있는 최상의 작전입니다."

"맞습니다. 야만인 놈들은 자신들이 기습하고 있다고 생각할 것이니, 자기 꾀에 자기가 넘어가는 격이지요."

체스터 경도 고개를 끄덕였다.

카온이야 원작의 내용에 몇 가지 추가한 것뿐이었지만, 기사들은 감탄하고 있었다.

'딱히 대단한 전략이라 생각하지는 않지만.'

소설의 전략이란, 작가의 지능 한계선을 벗어나지 못하는 법.

그러니 필승한다.

남부 고원 평야.

족장 알고르는 눈깔이 뒤집힌 채 전사들을 채근하고 있었다.

"빨리 달려라! 조상신께서 보우하신다!"

"오오!"

그렇게 외치고 있는 전사들도 제정신은 아니었다.

얼마 전 내렸던 계시가 아니었으면 나올 일은 없었다.

알고르를 비롯한 부족의 전사들은 한겨울에 전쟁을 하는 것이 얼마나 위험한 짓인지 잘 알고 있었다.

아이스트롤 가죽으로 몸을 둘렀다고 해도 진군은 힘들었으며, 식량이 부족해 고사할 수도 있었다.

먹고살기도 어려운데 군대를 먹일 대량의 식량을 징발한

다?

그 자체만으로도 족장의 자리에서 물러나야 하는 실책이다.
그러나 얼마 전, 부족 전체에 조상신의 계시가 내려졌다.

[남쪽으로 진군하라.]

단 한마디였다.
워낙에 강렬한 꿈이라 알고르는 장로들과 논의했는데, 그들 역시 모두 같은 꿈을 꾸었다고 한다.
심지어는 부족의 전사 모두가 그 꿈을 꾸었으니, 계시가 아니고서는 설명할 길이 없었다.
'남쪽에 뭐가 있는지는 모른다. 그러나 내려가다 보면 뭔가 알 수 있을 것이다!'
거창한 대책이 있는 것은 아니다.
타마라족은 조상신을 숭배하는 부족으로, 이 종교가 토속 신앙으로 자리 잡고 있었다.
평소에는 신녀가 약에 취한 채 흐느적거리다가 계시를 받고는 했는데, 이번에는 모든 전사들에게 직통(?)의 계시가 내려왔으니 눈깔이 뒤집힌 것이다.
얼마나 내려갔을까.
도중에 낙오한 동료들은 가차 없이 버렸고, 손발에 동상이 걸리면 그냥 잘라 버린 후에 계속 이동했다.

마침내 그들의 눈앞에 펼쳐진 것은.

"막사! 막사입니다!"

"가자! 조상신께서 어려운 우리들을 위해 물자를 내려주셨다!"

"와아아아!"

묻지도 따지지도 않고 진격이었다.

그들이 웬 고원 한복판에 떡하니 자리한 막사와 물자를 향해 뛰어들었을 때, 정면, 좌우에서 막대한 양의 화살이 쏟아졌다.

후방에서 전투를 지휘하고 있던 카온은 고개를 갸웃거렸다.

"이거 너무한데?"

"전하의 신묘한 계책이 먹힌 겁니다!"

야만인들은 방패를 잘 다룬다고 들었다.

지구로 따지면 바이킹과 여진족을 반반 섞어 놓은 것 같은 설정이라 보면 됐는데, 지금 달려온 놈들은 기병도 아니고 특기인 방패도 사용하지 않았다.

칼 한 자루, 창 하나만 꼬나 쥐고 미친 듯이 달려들고 있었으니, 이게 뭔 부나방인가 싶었다.

"직접 전투가 벌어지지 않은 것이 천운이긴 한데."

이래서야 허무할 지경이었다.

카온은 생각했다.

'저들은 작가의 농간을 신의 계시라 착각하고 달려왔을 거야. 그런데 도착하고 보니 떡하니 물자가 널려 있다? 당연히 눈이 뒤집히지.'

이제야 이해가 된다.

그들의 토속 신앙과 결부해 보니, 이렇게 행동할 수밖에 없었던 거다.

화살에 수많은 야만인이 쓰러지자 카온은 삼면에서 군을 동원해 압박해 갔다.

여기부터는 조금 긴장했다.

눈이 뒤집힌 야만인들이 죽어라 항전하면 피해가 나올 것이 분명했던 것이다.

하지만 그들의 행동은 카온의 상식을 한참이나 벗어났다.

알고르는 자신의 판단이 빗나갔음을 후회했다.

분명히 조상신께서 내려 주신 물자라고 판단하였으나, 그것이 틀렸다며 하늘에서 징벌이 떨어지고 있는 것이다.

퍼버버벅!

"끄아아악!"

"아아아악!"

"족장! 제국군입니다!"

"제국군!?"

"저길 보십시오!"

정말이다.

제국군이 삼면을 포위하고 있었다.

야만인과 제국군의 관계는 뭐라고 설명하기가 복잡했다.

고원은 따듯한 날이 많지 않아 농사를 짓기가 매우 까다로웠고, 그들은 오랜 시간 반유 반농을 하며 살아갈 수밖에 없었다.

식량이 부족해지는 시기가 오면 살기 위해서라도 다른 부족을 치거나 제국으로 쳐들어가야 했는데, 그때마다 전쟁이 일상이었다.

그렇다고 전쟁만 끊임없이 한다는 뜻은 아니다.

북방 사령관의 재량에 따라 밀무역이 허락되어 필요한 식량을 받으면서 좋은 관계를 유지하기도 했다.

최근까지도 그랬다.

아르칼 자작은 매우 탐욕스러운 작자로 밀무역으로 고원의 여러 특산물과 식량을 거래했다.

전쟁과 평화는 주기가 있었는데, 이번에는 평화의 시대라고 할 만했다.

그저 조상신의 명령에 따라 남쪽으로 달린 것일 뿐.

"끄아아악!"

호위병이 화살에 맞아 나뒹굴었다.

장로들의 눈빛이 절망으로 물들었다.

"조상신의 뜻을 잘못 해석한 겁니다! 그래서 노하신 거요!"

전사들은 이러지도 저러지도 못했다.

광기에 휩싸여 전쟁을 준비하지 않은 채 무작정 남하한 것이 패착이었다.

이미 추풍낙엽처럼 쓰러진 전사들이 가득했다.

백병전이 시작되자 사기는 더욱 저하됐다.

적들은 전쟁 준비를 철저하게 해 왔다.

검과 창, 방패는 모두 수리되어 있었으며 어찌나 질긴 갑옷을 입었는지, 도끼나 검으로는 급소를 뚫을 수 없었다.

아무리 체격이 좋아도 부족한 숫자에 떨어진 사기, 조상신의 뜻을 왜곡했다는 데서 오는 불안감 때문에 순식간에 진영이 붕괴되고 말았다.

"조상신께서 살길을 열어 주셨는데 우리가 저들을 공격했구나!"

"이제 어쩝니까?"

"숙여라! 신의 자비를 구하는 것이 우선이다!"

족장의 명령이 떨어지자 평소 무자비한 것으로 위명이 자자한 타마라족 전사들은 바닥에 넙죽 엎드렸다.

곧바로 적진에서도 공격이 멎었다.

"족장의 판단이 옳았다!"

"……."

기이한 감정이 주변에 가득했다.

잠시 후, 제국군의 방벽이 열리며 황금빛 갑주를 입은 자가 천천히 걸어 나왔다.

"네가 알고르인가?"

"예."

"네놈은 어찌하여 신의 뜻을 왜곡하려 드느냐!"

불벼락 같은 호통이 떨어졌다.

카온의 발치에는 야만족이 모두 무릎 꿇려 있었다.

그는 이것이 기회임을 깨달았다.

'조상신 숭배를 맹목적으로 하는 놈들이지.'

그 짧은 시간 동안 카온의 머리가 맹렬하게 회전했다.

제국에는 딱히 국교가 없었다.

악마를 숭배하는 것만 아니라면 종교의 자유가 보장되어 있는 것이다.

제국의 백성이 무교라고 해도 딱히 뭐라고 하는 사람도 없었으므로 신인지 뭔지 헷갈리는 조상을 맹목적으로 숭배하며 따르는 광경이 조금 이상해 보이기도 했다.

그러나 이는 원작의 설정.

카온은 멀리서 남부 타마라족 족장이 고뇌하는 모습을 관찰했다.

작가 놈의 명령을 조상신의 뜻으로 해석해 여기까지 온 자들이었으니, 그 신의 뜻을 카온이 조장한다고 해도 문제가 될 것은 없다.

타마라족의 고뇌는 신의 뜻을 잘못 해석한 것에서 오는 일종의 뇌정지다.

수작을 부리기엔 지금 만큼 좋은 상황이 없다.

카온은 순발력을 발휘했다.

"네놈은 어찌하여 신의 뜻을 왜곡하려 드느냐!"

"……!"

카온을 바라보고 있던 기사들조차 뜨악했다.

그가 기도하는 모습을 한 번도 본적이 없었기 때문이다.

그러고는 생각했다.

'전하께서는 저 광신도들을 신이라는 명분을 이용해 끌어들이려 하신다!'

'엄청난 책략이로다!'

무신론자의 입장에서 신을 들먹여 적의 세력을 이용하려 하는 것은 매우 합당한 전략이었다.

이 자리에 종교인이 포함되어 있다고 해도 마찬가지였다.

참된 종교인에게는 죽은 조상을 신처럼 숭배하는 것이 이단처럼 보일 테니까.

'술 마시고 마누라 패는 것이 일상한 야만인 놈이 죽으

면 신으로 숭배돼? 이단이다!'

이런저런 생각이 휘몰아치는 가운데, 카온은 다시 호통을 쳤다.

"신께서는 너희를 남하하라고만 계시하였을 터다."

"그, 그걸 어찌!?"

"신께서 가라사대 추위에 고통 받고 있는 백성을 구제하라 하시었다. 하여 물자를 싣고 온 것인데 그 뜻을 호도하여 이리도 공격하니 너희는 죽어 마땅한 죄를 지었다."

쿵!

야만인들은 머리를 바닥에 처박았다.

사실 카온의 내심은 쫄렸지만.

'통했나?'

사이비 교주 행세를 하려는 건 아니다.

그저 신의 계시가 있었다고 선의의 거짓말(?)을 해 준 것일 뿐.

그런데 이게 퍽 그들의 정서에 맞았던 모양이다.

"죽여주십시오!"

"나는 종교인이 아니다. 그럼에도 이러한 계시가 내려졌다는 것은 너희들이 살아가는데 식량이 부족해 죽어 나가는 백성이 많다는 뜻이렷다?"

"저, 정확합니다."

"게다가 중부 타마라와 북 타마라 족속들이 동맹을 추진하고 있으니, 목숨의 위협까지 느꼈을 터."

"그, 그걸 어떻게!?"

족장 알고르도 그렇지만, 장로들과 전사들마저 경악했다.

지금 카온이 말한 내용은 외부로 새어 나갈 이유가 없는 이야기였기 때문이다.

'나야 당연히 원작에서 봤지.'

사기를 치려면 제대로 쳐야 한다.

원작의 내용을 파악하고 있었으니 그것을 근거로 했다.

신에게 진짜 계시를 받은 것처럼 말이다.

"어쩌겠느냐? 신의 말씀대로 내 휘하로 들어오겠느냐? 이대로 두면 너희는 어차피 멸망한다. 남쪽으로는 제국이, 북쪽으로는 동족들이 호시탐탐 노릴 것이니."

"저희는 제국 백성이 되는 겁니까?"

"우선은 국경 부근에 방벽을 쌓고 살길을 터주겠다. 너희는 잘하는 일을 하면 된다. 몬스터 사냥이나 가축을 치는 일들 말이다. 농사짓는 법도 알려 줄 것이니 정착하라. 차차 제국 백성으로 받아들이는 절차를 진행할 것이다."

"으음!"

저들의 입장에서는 정말 달콤한 제안이었다.

야만인들은 식량을 구하기 위해 어떻게든 북방 사령관에게 줄을 댔다.

그 사령관이 FM인 놈이면 밀무역이 일어나지 않아 약탈이 내려오는 것이었고.

카온의 제안은 식량난을 근본적으로 해결할 수 있는 일이다.

"자리를 잡을 때까지는 일자리를 주겠다. 열심히 일하면 충분히 먹고살 수 있게 할 것이니 선택하도록 해라."

"자, 잠시 장로들과 회의를 해 봐도 되겠습니까?"

"천벌이라도 받으려는 것이냐."

"워낙 급작스러운 일이라 심의가 필요합니다."

저들은 야만인으로 알려져 있지만, 멍청하지는 않다.

워낙 살아가는 세상이 낙후되어 그리 불리는 것뿐이었다.

제국이라고 저 덩치 좋은 놈들을 받아들이고 싶지 않았을까?

역대 황제들은 유화책을 추진해 천천히 야만인을 흡수하려는 계획을 세우기도 했다.

그러나 모두 실패했다.

정책이 먹혀들지를 않으니 그냥 야만인으로 규정하고 적대하는 것이 낫다고 판단했던 것이다.

'황제들의 실패는 타마라족의 생활 방식을 이해하지 못했기에 일어난 일이지.'

저들은 종교와 밀접하다.

타마라족의 국가가 세워졌을 때는 아예 토속 신앙을 국교로 정했을 정도였다.

지금까지 실패한 정책이니 카온이 실행한다고 제대로 될 리가 만무하지만, 그에게는 강력한 명분이 있었다.

신을 등에 업는 것.

분명 카온은 자신이 종교인은 아니라고 밝혔다.

이번에 한정해서는 신의 뜻을 들을 것이지만, 그들이 백성이 된다고 해도 종교에 맹목적이진 않으리라는 뜻을 단단히 못 박았다.

"신의 사자시여, 혹시 종교의 자유는 보장됩니까?"

"원래 제국은 종교의 자유를 보장한다."

"긍정적으로 검토하겠습니다."

"한 시간 준다. 그 안에 결정해라."

전쟁터 한복판에서 부족 회의가 열렸다.

정확하게 말하면 전쟁도 아니고 완벽하게 패배한 후, 폐허 한복판에서 살길을 도모하는 회의였다.

"어쩌면 좋겠나."

"거절하면 우리는 죽습니다."

장로들은 좀 더 현실적으로 생각했다.

알고르는 고개를 흔들었다.

"우리 부족이 영구적으로 제국의 밑으로 들어가는 것 말이다."
"괜찮지 않습니까?"
"뭐?"
"제국과 당장 피를 섞으라는 것도 아니고, 저들 영토 북쪽에 자리 잡고 공식적으로 무역을 허가하는 것이라고 생각하면 됩니다. 그 대가로 세금과 군역을 지게 되지만, 양쪽으로 압박을 받아 죽는 것보다는 낫습니다."
여기까지는 현실적인 이야기였다.
대장로이기에 종교를 뛰어넘는 대책을 생각할 수밖에 없는 것이다.
나머지 장로들은 종교적으로 접근했다.
"조상들께서 인도하신 길입니다."
그 한마디로 모든 것이 설명됐다.
조상들께서는 식량 부족과 양측의 공격으로 부족이 완전히 무너지는 것을 원치 않으셨다.
제국의 발 아래로 들어가는 것도 그에 대한 일환일 터.
정신까지 승복할 필요는 없다.
"소나기가 내릴 때는 잠시 비를 피하는 지혜가 필요한 것인가."
"신들의 뜻이 어디에 있느냐에 달렸지요."
우선은 복종으로 가닥을 잡고 임시 동맹으로 생각하는 것.
그들이 내린 결론이었다.

저들이 회의를 하는데 한 시간도 채 걸리지 않았다.

한 20분 정도 지났을까.

족장과 장로들이 다 무너져 가는 막사에서 나오더니 무릎을 꿇고 엎드렸다.

"저희 남 타마라족은 귀인의 자비에 기대기로 결정했습니다. 이는 조상신의 인도에 따른 결정입니다."

조상신의 결정.

웃기는 말이다.

그러나 누구도 비웃지는 않았다.

그랬다가는 복속이고 나발이고 다 어그러질 것이 뻔했기 때문이다.

카온은 원작 소설의 내용을 참고해 또 한 번 떠봤다.

"너희들은 작금의 사태를 소나기로 비유했을 것이다. 잠시 비를 피하기 위해 휘하에 들어왔다고. 임시 동맹? 그런 차원으로 말이다."

"……!"

족장과 장로들의 몸이 덜덜 떨렸다.

그야말로 깜짝 놀라 경기를 일으킨 것이다.

카온은 속으로 웃었다.

자신이 저 상황이라고 해도 놀라 자빠졌을 터다. 생각을 읽히는 것 같을 테니까.

"나 역시 계시를 받았다. 또 이런 계시가 내려올지는 모르겠으나 하나는 확실하다. 굳이 제국 휘하로 들어간다고 생각지 말라는 것. 내 휘하로 들어온다고 여겨라."

카온은 아예 쐐기를 박았다.

이런다고 갑자기 야만인 놈들이 감동하며 평생 충성을 맹세한다고 하지는 않을 것이다.

애초에 충성심 깊게 설계된 녀석들이 아니었으니까.

하지만 최소 5년.

길게 잡아 10년만 카온의 휘하에서 개고생해 주면 된다.

황위에 오르면 야만인 통제쯤은 어렵지 않을 테니.

"귀인의 명령에 따르겠습니다!"

협상 타결이다.

야만인들이 갑자기 남하할 때는 식겁했지만, 이런 식으로 엮어 버리니 결과적으로는 작가 놈이 도움을 준 격이었다.

카온은 하늘로 가운뎃손가락을 들어 올렸다.

"자, 모두 함께 하늘에 감사함을 표하라!"

"오오! 그것이 하늘의 감사함을 표하는 행동입니까?"

"맞다."

카온을 비롯한 모든 야만인이 하늘을 향해 가운뎃손가락을 올렸다.

콰르르르릉!

그리고 마른하늘에 벼락이 쳤다.

오늘따라 좀 유별나게 말이다.

휘이이잉!

격전지(?)에서 벗어나 북쪽으로 올라갈수록 바람은 더욱 거세졌다.

기온이 더욱 떨어지고 진눈깨비까지 흩날렸다.

카온은 마력을 돌려 버티고 있었지만 병사들은 죽을 맛일 것이다.

온도계가 없어 정확하진 않아도 체감상으로 영하 40도에 육박하는 것 같았다.

"족장."

"예, 전하!"

산만한 덩치를 가진 알고르가 잽싸게 달려왔다.

카온은 놈의 처세가 마음에 들었다.

마음속으로야 제국과 임시 동맹을 맺어야겠다고 생각했겠지만, 숙여야 할 때는 확실히 숙였다.

이것만 봐도 야만인이 멍청하다는 것은 편견이었다.

환경에 따라 가치관이 다르게 형성될 뿐.

족장 정도 되면 똑똑하지 않고서는 도저히 이 혹한의 환경에서 살아남을 수 없는 것이다.

"너희 부족에 거의 다다랐다는 것은 알겠다. 하나 궁금한 것이 있다."

"무엇이든 하문하십시오!"

"벌써부터 살이 에일 정도로 추운데, 중부 타마라족이나 북부에 사는 놈들은 도대체 어떻게 이 추위를 견디나?"

"물론 여기보다 좀 더 춥기는 할 겁니다. 그래도 북쪽에는 자생하는 몬스터들이 많아 가죽을 벗겨 입으면 살 만합니다."

"그 몬스터들을 사냥하려면 철기를 보유해야 할 텐데?"

"그, 그것은."

카온은 사소한 정보도 놓치지 않았다.

알고르는 한숨을 내쉬었다.

어차피 숨겨도 별수 없다고 여긴 모양이다.

"북쪽에는 노천 광산이 흔합니다."

"철광산 말인가?"

"예, 처음에는 그들도 철을 다룰 줄 몰랐지만 엘프들을 잡아 오면서 상황이 달라졌습니다. 철제 무기와 갑옷을 생산했고, 저희와 격차는 더 벌어졌지요."

철기의 보급.

제국이야 강철을 사용하는 것이 기본이지만 이토록 추운 지역에서는 화로의 온도를 올리기가 쉽지 않았다.

제국 내의 대장간보다 더욱 강렬한 뭔가가 있어야만 철기를 생산할 수 있을 것이니 기껏해야 청동을 녹여 무기로 사용했을 뿐이다.

그걸 해결해 준 종족이 바로 엘프였다.

원작 소설에서는 드워프를 무슨 전설의 종족 취급을 한다.

소설 내에서 몇 번 등장하지도 않았는데, 엘프들을 그 대체제로 썼다.

마법을 활용하는 엘프들이었으며, 선천적으로 손재주가 좋다.

각종 공예품과 무기 생산에 이르기까지 팔방미인이 따로 없었으므로 드워프보다는 엘프가 철기를 잘 다룬다는 것이 좀 더 현실성이 있어 보이기도 했다.

검, 활, 정령술, 공업까지 활용하는 엘프였으므로 세계를 정복해도 무리가 없었으나, 원체 전쟁을 싫어하고 개체수가 적어 구석으로 밀려났다는 설정이다.

그런 이유로 평화롭게 살아가던 엘프 마을이나 왕국을 습격해 야만인들이 노예로 부리는 것이었고.

"너희가 엘프를 노예로 부리는 건 알겠다. 혹시 가혹하게 다루었나?"

"가혹한 기준은 잘 모르겠습니다만, 성노예로 부리지는 않았습니다."

"어째서? 그들은 아름다울 텐데."

"엘프는 반려가 아닌 타인에게 몸이 더럽혀지면 자살하기 때문입니다."

"그렇군."

야만인 입장에서도 엘프를 그냥 노예로 쓰는 것이 낫지, 성욕을 풀겠다고 죽이면 수지 타산이 맞지 않는다.

조상신의 계시 307

야만인 사회에서 엘프를 건드리는 건 금기로 통할 것이다.

"다만."

"다만?"

"북쪽 애들은 마음껏 엘프들을 유린한다고 듣기는 했습니다."

"모순이다. 자살한다고 하지 않았나."

"애초에 노리개로 쓸 엘프들은 혀를 자르고 결박해 둡니다."

카온은 눈살을 찌푸렸다.

머릿속으로는 과연 그런 설정이 있었는지 떠올리려 하였지만, 작가조차 그 부분까지는 신경을 쓰지 못한 것 같았다.

"원래 북쪽 애들이 좀 쓰레기 같은 기질이 있습니다."

"그건 동감이다."

웅성웅성.

카온과 그의 군대는 타마라족 근거지에 도착했다.

여긴 남 타마라족 가운데에서도 대족장인 알고르가 다스리는 지역으로, 인구는 1만 남짓이라고 했다.

고작이라 말할 수도 있었지만, 부족 사회에서 1만 명이나 되는 부족원을 거느린다는 것은 최소 2~3천의 병력은 나온다는 뜻이다.

약탈 경제를 가진 사회의 남자들은 하나하나가 전투원이라고 봐도 무방하다.

원정 약탈을 하며 전투에서 죽는 것을 자랑스럽게 생각했던 바이킹처럼 말이다.

그 밖에, 남 타마라는 십여 개의 크고 작은 부족이 느슨한 연합체로 기능하고 있었다.

연합을 하는 이유도 제국을 약탈하거나 중부와 북부 놈들이 쳐들어오는 것을 막기 위함이었다.

타마라 부족을 정리하려면 상당히 골치가 아플 것이 뻔한지라 카온은 그 문제를 알고르에게 위임했다.

남 타마라의 장로들이라고 하여도 조언자일 뿐이지, 실질적인 권력은 각 부족의 족장들이 가지고 있었기에 아주 족보가 고약했다.

그사이에 카온은 체스터 경을 호출했다.

"찾으셨습니까!"

여기까지 오는 동안 체스터 경이 아니었다면 수없이 많은 병사들이 동사했을 것이다.

동상에 걸려 손발가락을 자른 자들이 극히 드물었으니, 체스터의 꼼꼼한 지휘가 한몫했다.

그야말로 카온에게 없어서는 안 될 인재였다.

그가 검술까지 되찾으면?

휘하에 마스터 급 기사가 탄생하는 것이다.
"그동안 고생 많았다. 약속을 지킬 때가 왔다."
"저는 주군을 믿고 있었습니다."
"가서 엘프 족장을 데려와라. 이제 목적을 달성할 때다."
"명을 받듭니다!"
명령을 수행하는 체스터의 발걸음은 어느 때보다 가벼웠다.

족장이 사용하던 허름한 막사.
나름대로는 권력자라 치장을 많이 한 것으로 보였지만, 카온의 눈에는 전혀 만족스럽지 않았다.
몇 달 황궁에서 살았다고 그새 눈이 높아진 것이다.
객관적으로 봐도 야만인이 사는 곳이라는 티가 풀풀 나긴 했지만.
카온이 박제된 동물과 기괴해 보이는 장식을 구경하고 있는 동안 막사가 열리며 웬 엘프 여자가 들어왔다.
겉으로 보기에는 20대 후반 정도였으나 그녀가 바로 엘프족 족장이었다.
"당신의 앞날에 바람의 가호가 가득하길. 실프족 족장 라엘이라고 합니다."
카온은 천천히 그녀를 살폈다.
작중에도 엘프는 하나같이 아름답다고 하니, 그 부분은

차지하더라도 나이가 500살이라는데 늙지 않는 것을 보니 과연 축복받은 종족다웠다.

"바람이 당신의 앞날을 축복하길. 제국 3황자 카온이다."

"……의외군요. 엘프족의 관습을 알고 계신다니."

'그냥 소설에서 본 것을 따라 해 본 것인데, 엘프족 나름대로는 신선했던 모양이군.'

라엘의 표정이 조금 풀렸다.

긴장이 가득했었으나 방금 전의 인사로 카온을 재평가하기에 이른 것이다.

"저희 종족과 인연이 있으셨나요?"

"없다고 하면 거짓이지."

"그렇군요."

카온은 애매모호하게 말했다.

엘프들은 진실의 눈을 가지고 있다.

어차피 거짓말을 해 봤자 먹히지 않는다는 뜻이다.

엘프와의 인연은 소설로 본 내용이 전부였으나 인연이 있다고 보는 것도 거짓말은 아닌 셈이었다.

이것이 그녀의 경계를 풀게 했다.

"엘프와 인연이 있는 분이라면 믿을 수 있죠."

"당신과 거래를 제안한다."

"거래라고 하시면……."

"어차피 너희 엘프 왕국은 무너지게 되어 있다. 더 깊은 곳으로 나아가 봤자 얼어 죽기 딱 좋으니 내 울타리 안으로 들어오는 것이 어떠한가?"

라엘의 눈이 이채를 띠었다.

보통 사람들은 휘하로 들어오라고 하지, 굳이 울타리라는 말은 사용하지 않는다.

이 역시 엘프들이 사용하던 말을 입에 올린 것이었는데, 라엘은 카온이 엘프와 인연이 있었다는 사실을 확신하는 눈치였다.

"울타리 안으로 들어가면 지불해야 하는 대가가 있나요?"

"일반 백성들과 같이 보호를 받으며 자유롭게 일하겠지. 다만 백성으로서 부과되는 의무는 짊어져야 한다."

"죄송해요. 저희는 자연으로 돌아가야 하는 몸이라, 인간 사회에 섞일 수는 없어요."

"멸망해도?"

"당신은 진실을 말하고 있지만, 정말로 왕국이 멸망할지는 모를 일이죠."

"그런가."

카온은 담담한 표정이었지만, 속으로는 혀를 찼다.

이 엘프 족속들은 갑갑하기 그지없는 사고 회로를 가지고 있었다.

이 세계에는 수인족이니, 마인족이니 하는 종족들도 있었는데, 그들 모두가 엘프를 귀쟁이라며 멸시했다.

원체 고집불통이라 불린 별명이다.

인간도 마찬가지였다.

설정에 의하면, 아주 오래전 인간과 엘프들이 공존하던 시대도 있었는데 이 새끼들이 원체 답도 없이 굴어 갈등의 골이 깊어졌다고 한다.

결국 그게 전쟁으로 비화됐다.

대놓고 엘프가 멸망할 것이라고 하는데도 굳이 사지로 가겠다니. 오래전 인간들의 심정이 어땠을지 간접적으로 체험할 수 있었다.

하지만.

'어차피 한 번에 회유할 수 있으리라 생각지도 않았다.'

엘프는 고급 인력이다.

회유만 할 수 있으면 군사력으로도 용이하게 사용하고, 공방에 박아 놓고 일명 '엘프제' 특산물도 만들어 낼 수 있었다.

그런 엘프를 말 한마디로 회유한다?

애초에 그게 가능했다면 인간과의 갈등이 촉발되지도 않았다.

"알겠다."

"감사합니다."

"단, 한 가지만 짚고 넘어간다. 엘프는 은원을 중시한다고 하지. 설마 목숨까지 구함 받았는데 그냥 갈 생각은 아니었겠지?"

"저희가 폐쇄적이긴 해도 은혜도 모르는 짐승들은 아니에요. 무엇을 원하시나요?"

엘프의 복수는 천년도 늦지 않다는 미친 망언이 작중에 자주 등장한다.

한 번 찍히면 어떻게든 복수해 버린다는 뜻이다.

저들이 풀려나면 야만인 여럿이 죽어 나갈 것이다.

하지만 은혜 역시 중요하게 생각한다.

한 번 엘프에게 은혜를 베풀면 일족이 그걸 갚아야 한다는 말이 있을 정도였으니, 야만인들이 카온의 휘하에 있는 이상 건들지는 않을 터다.

그가 죽고 한 500년쯤 후에 야만인을 몰살시키면 또 모르겠지만.

"회생의 비약을 원한다."

"그 비술은 존재해도 성공 가능한 연금술사가 존재하지 않아요."

"그건 내가 알아서 한다. 비술과 비약의 핵심 재료인 세계수 잎사귀 2개를 원한다."

그녀는 잠시 고민에 빠졌다.

"잎사귀는 왕국에 가야만 가져올 수 있는데……."

세계수가 사라진 지금, 잎사귀는 매우 희귀한 재료였다.
그걸 쓰려면 엘프 왕가의 허락이 있어야 하는 만큼 그녀도 확답할 수 없었다.
그러나 카온은 알고 있었다.
"너희 중에 엘프 왕족이 있지."
"……!"
"이만하면 등가 교환으로는 적절할 것 같다."
"대단하시군요."
그녀는 어쩔 수 없다는 듯이 고개를 끄덕였다.
쓸데없이 왕족에 대한 정보를 어디서 알았냐고 캐묻지 않았다.
은인에 대한 실례였기 때문이다.
"너희 왕국까지는 우리 병력이 호위하겠다. 괜히 가다가 중부 야만족 놈들에게 잡히면 구해 준 의미가 없어진다."
"호의를 감사하게 받겠습니다."
"마지막으로."
"말씀하세요."
"나는 미래가 보였다. 너희 엘프 왕국이 멸망하는 미래가. 머지않아 일어날 일이야. 만약 엘프 왕국이 멸망하여 갈 곳이 없어지거든 국경으로 찾아와라. 백성으로 받아 줄 것이다."
그 말에 족장은 살짝 감동한 표정이었다.

원체 표정의 변화가 없는 여자였으나, 카온은 감정의 변화를 알아차릴 수 있었다.

그녀는 카온에게 다가오더니 이마에 입술을 찍었다.

엘프 최대의 극찬이며, 인간 중에 엘프의 향기가 난다는 것은 그들의 은인이라는 사실을 공인한 것이 된다.

'있어서 나쁠 일은 없지.'

엘프의 마크가 있으면 앞으로 그들 종족을 만날 때 호의를 깔고 시작할 수 있다.

라엘이 죽어서도 그 효과는 유지되는 것이었으니, 그녀로서는 해 줄 수 있는 모든 일을 해 준 셈이었다.

족장과 협상을 끝내고 카온은 체스터 경을 출장 보내기로 결정했다.

"반드시 받아 오겠습니다!"

"약속은 지킬 거다. 안전하게 복귀나 해라."

"예, 주군!"

체스터 경은 보무도 당당하게 엘프들을 호위하며 떠났다.

카온은 그 뒷모습을 보며 웃었다.

"세계수 잎사귀 두 개라니. 그냥 한 번 던져 본 건데, 운이 좋군."

이렇게 되면 만들 수 있는 회생의 비약은 두 개.

그중 하나를 카온이 마신다.

이만하면 기연을 얻은 것으로, 단숨에 마스터 경지까지 오를 수 있었다.

카온은 벅찬 마음에 가운뎃손가락을 하늘로 들어 올렸다.

작가 놈에게 경의(?)를 표했던 것이다.

오늘따라 하늘이 잔뜩 찌푸린 것 같은 느낌이 들기도 했다.

『작가 때문에 먼치킨』 2권에서 계속